GOBOOKS
& SITAK
GROUP©

GOBOOKS
& SITAK
GROUP©

三日月書版

三日月書版

甚音
Illust.
welchino
失業勇者隨手保鑣
1
輕世代
FW255
三日月書版

Unemployed

CONTENTS

Character
惠恩
現任的第六天魔王。
自小在貧民窟中長大，做過各種工作，家事萬能，擔任隊伍的廚師。
不會魔法，戰鬥能力低落。
性格溫柔善良，作為魔王魄力稍嫌不足，常常有缺乏自信心的狀況發生。
Heyen

雪琳

出身北之國的戰士。
由於生涯都在軍旅中度過，除了軍事和野外生存領域為專家等級之外，其他技能和知識都十分貧乏。
有著軍人般的性格，衝動易受挑釁，不服輸。
欣賞勇敢的人，重視同伴。

Character

帕思莉亞

第六天魔城總管。

擁有名族血統，出身端正，被譽為是數百年難得一見的魔法天才。唯一的缺憾是家事能力和成就完全成反比，哪怕端一碗水去餐桌都會失敗，從某方面而言也是非常恐怖的傢伙。

一方面有著高知識分子的判斷力和理性，另一方面卻也有著象牙塔學者獨有的浪漫和天真。

Pahlia

Unemployed Heroine and Devil's Guard

ch.1 過去是勇者，現在卻變成魔王的保鑣

一切，都是那個傢伙的過錯！

強烈的聲音在心裡響起，彷彿真真切切地在耳邊絮叨著，拄著長長木杖的旅人，停在了城堡前方。

旅人身上披著深褐色的旅行斗篷，看起來又髒又破，但也不能怪它，畢竟這件斗篷可是歷經了來自山與雪谷的北之國的冰雪、森與平原的東之國的濕霧、火與高原的中之國的暴雨，甚至還有第一、二、三魔境的種種嚴苛環境考驗，會變成這樣也是無可奈何。

即便如此，它依然頑強地撐到了這裡。恐怕這件斗篷日後即使變成了老爺爺斗篷，要向子孫們吹噓也綽綽有餘吧！

儘管身上衣裝破破爛爛，隱藏在陰影之下的眼神卻未曾失去鋒芒，旅人從寬大斗篷中伸出了手將身上的罩袍拉緊，然後抬頭仰望高大的城牆，嘴裡頭喃喃吐出幾個字句：

「第六天魔城，皇天不負苦心人，我終於來到這裡了。」

說完後，旅人的眼神變得更加銳利，彷彿可以刺穿整座堡壘。

紀元曆第一二九三年，或者說天魔曆五五〇年……又或者，也可以說是龍曆一七二四年，延燒在人類五大王國與六大魔族間漫長的「兩族戰爭」，總算劃下休止符。

由六大魔王中的「第六天魔王」率先向人類王國張開友好的雙臂，而經過了兩百多年的鏖戰，幾乎所有人都已經厭倦戰爭，魔王的善意迅速地獲得熱烈迴響，再過不久，其餘的五大魔族也紛紛跟進，大陸終於迎來和平曙光。

一掃戰雲陰霾的天空，太陽比平時更加充滿活力，投落下來的光線，照耀著和平的古堡，庭院中精神百倍的食人花和劇毒草，也隨之在和平的微風中和平搖曳。

城堡大門倏地被一腳踢開，痛苦地發出了很不和平的悲鳴之聲。

嗄咿——

闖進大殿中央的旅人，殺氣騰騰。

「第六天魔王，不要躲了，給我滾出來！」

威風凜凜地大喝，旅人放眼四顧，繃緊緊的心神警戒再警戒，深怕錯放了任何的蛛絲馬跡——正如此處名為第六天魔城的事實，它正是惡名昭彰的魔境之主「第六天魔王」的魔宮。

縱然是最先向人類世界倡議和平的魔王，然而據說第六天魔王同時也是六天魔王中最強大、殘暴的一個。兩件事聽起來似乎相互矛盾，但最重要的一點就是，魔王擁有的雄厚實力絕對不容忽視，前來踢館的旅人就算對實力有著絕對自信，仍然絲毫不敢大意。

「……沒有人在嗎？」

旅人錯愕地喃喃自語，難道是情報錯誤嗎？第六天魔城的大殿裡頭空無一人，唯有懸在長廊兩側上方的燈臺投下了詭譎妖異的燭影，猶如醉酒狂舞的惡魔。

「現身吧，第六天魔王，我知道你就在這裡！」

……仍然沒有回應。

旅人……不，這時應該稱呼其為入侵者似乎更恰當——入侵者彷彿洩了一口氣般地垂下了緊繃的肩膀，接著掀開了斗篷的頭罩，頭罩底下露出的，竟是一張姣好的女性容顏。

有著白皙膚色和美麗的天青色雙瞳的少女，銀色長髮猶如反映著冬季陽光的亮潔雪地。觀其年紀，應該尚不足二十，然而其眉宇間隱隱約約透露的英氣，卻不像這個年紀該有的成熟。

「真是奇怪……第六天魔城的位置應該是在這裡啊！」

自己來到這裡前，早已再三確認又確認，為什麼還是會感受到那股莫名的不協調感呢？

「難道這裡只是一座廢棄古城？我感受不到強大魔力存在的氣息。」

正當入侵者的心中被滿滿疑惑所填滿之際，大殿中突然響起另一道聲音。

「嗚哇呵，帕思莉亞，快看，沒想到真的有人來了耶！」

少女被嚇了一跳，急急忙忙地抬頭。

一道倏忽即逝的身影出現在二樓露臺上方，似乎正熱情地張開雙臂。

「太好了！遠來的朋友啊，雖然現在已經過了會客時間，但還是很歡迎妳一起來喝下午茶……哎唷！」

在昏暗的照明下，少女看不清楚對方的容貌，只見原本高舉雙手正在熱情歡呼的黑影，在不到一秒之間，像是被人猛然拖下去般消失在欄杆後面。

砰砰！乒乒乓乓！

「對不起啦，帕思莉亞，我知道錯了。」

乒乓，匡匡匡！

「好啦，我、我知道了。」

過了一會兒，黑影才再度從欄杆後面出現，入侵者保持警戒，一個魁梧又充滿壓迫感的巨大身形強硬地擠入她的眼簾。

「嗯咳，嗯咳！那個……」

現身者發出故作低沉可怖的聲音。

「卑微的賤民，是誰膽敢求見本魔王？」

「什、什麼？」

入侵者眨了眨眼，好不容易才恢復鎮定。

「妳聽不見嗎？需不需要我再說大聲一點……我是說，需要吾再複述一遍嗎，妳這可憐的螻蟻？」

少女一動也不動地盯著頭頂上的身影。仔細一看，站在高處的黑影在陰影下面孔模糊不清，可是頭上戴著的皇冠金光閃閃，非常顯眼。這一瞬間，原本流露在入侵者臉上的慌亂全都消失了，取而代之的，是強烈而篤定的安心感，以及一抹充滿自信的冷笑。

「你就是第六天魔王嗎？」

「嗯啊！我就是，妳找我有什麼事？」

作為第六天魔王的黑影似乎沒察覺到自己語氣上的錯誤，一副泰然自若的模樣。

「也沒什麼大不了的事。」

入侵者少女露出了雪白的貝齒，一時之間令露臺上的黑影看得有些入神。

啊，她笑起來的樣子真好看啊！

絲毫沒注意到少女藏匿在笑容底下的心境變化，也沒有察覺到自己的處境。

「既然你已經承認，那麼接下來，就要請你受死了！」

「嗯……妳、妳說什麼？呃啊啊咦咦咦咦！」

看見長劍被拔出的一瞬間，魔王就完全慌了手腳，以和他那威嚴形貌極不相稱的慌張姿態踉蹌倒退了好幾步。同一時間，少女拔地而起，在半空中飄揚的斗篷，底下竟是一副完整的戰士鎧甲。

「吃我這劍！」

少女高舉繫在腰間的寶劍，銳利的銀光狠狠劃開大殿裡沉濁凝滯的黑暗，筆直逼向眼前存在。

「嗚、嗚哇！救命啊，帕思莉亞！」

魔王狼狽不堪地大叫著，不過沒有用。毫無阻礙，少女已經落到了露臺的欄杆上，就像一隻敏捷而輕盈的豹子蹲踞著，等待躍起撲擊獵物。這過程就連眨眼的時間都不到，少女再度消失，下一瞬間，人已經出現在目標的背後。

「欸欸欸？」

魔王居然沒有反擊，而是笨拙地想要轉身逃跑。少女一下子便伸手扯住了他的後頸，輕而易舉地破壞了他的平衡。

「哎唷！」

魔王的屁股貼到了地上，可悲地向後蠕動，可惜他的速度在入侵者眼中簡直慢得跟烏龜一樣。

「覺悟吧，第六天魔王！」

「嗚哇呀啊！」

身高超過了二．五公尺，身形孔武有力的第六天魔王，如今正被一名身材不到自己一半高度的少女夾在腋下，反握過來的長劍猶如暗殺者的匕首，抵住了魔族王者的咽喉，只需要再往下切個半分，魔王的人生長卷就要結束了。

少女的手上微微一用力，魔王試圖掙扎的身體便僵住了。

「呵！沒想到這麼容易得手，難道外界對第六天魔王的恐怖情報只是吹噓而已嗎？」

入侵者撇了撇嘴角。

「你該不會其實很弱吧！」

「是、是的，我真的很弱。女英雄，妳、妳不會真的要殺我吧？」

一動也不敢動的魔王，膽顫心驚地看著貼在自己脖子上的長劍，然後以小狗般的乞求眼神望向挾持者，然而對方回敬給他的目光卻絲毫不帶憐憫。

「去死吧！」

「嗚啊啊！」

就在少女的手腕向下移動的瞬間——

「住手！」

匡噹！

少女很快地提起劍，挑飛了兩把矛戟。

正如她所預料，護衛魔王的安全機制絕不會眼睜睜看著魔王就這樣被殺死，但是襲來的攻擊比想像中更容易應付。

喀啷啷啷！落到地上的沉重武器一邊彈跳著一邊發出了吵雜響聲。打落暗器的少女以最快速度轉身實施戒備，準備應付魔王的攻擊，但是魔王……

「哎呀呀！」

魔王竟然趁這個時候難看地爬在地上打算逃開！

看見此情此景的少女愣住，然後飛快地三步併做兩步，上前去把他踢倒踩在腳下。

「別動！」

「別動！」

兩個聲音重疊傳來，於是魔王不敢動，少女也停下了動作。

銀髮少女確實聽從了這個指令，卻不是因為畏懼，她冷然地回過頭來迎視著如今面臨的險境。

露臺下的大殿，多具重裝鎧甲簇擁上來。

「魔傀儡驅械者嗎？」

總計有十架驅械者。附著著操控魔法的空心盔甲，可以隨主人的命令執行簡單的任務，但如果是這種程度的對手，完全可以不必放在眼內。

「大膽狂徒，竟敢在第六天魔宮撒野，真是吃了熊心豹子膽啊！」

一名嬌小的少女站在驅械者兵團中間，兩手持握著一把巨大的矛戟，拚命地朝著入侵者大喊。

露臺上的入侵者迅速辨識出對方身分。

「第六天魔族？」

果然，最先會在腦海裡面升起的就是這個名字吧！但也一點都不讓人感到意外，畢竟這裡也是第六天魔境內的領域。

第六天魔族的另一個名稱就是獸人族，外表是人類與野獸的混合體，最明顯的特徵就是跟人類大相逕庭的耳朵及尾巴。也因為這樣的外表，使得這個種族在人類心目中一直都是野蠻、好戰及殘忍的形象。

第六天魔族擁有很強的戰鬥力。

需要予以戒備嗎？不，等等，似乎沒有這種必要……

入侵者一點也不擔心少女會威脅到自己，對方頭頂上柔弱的兔子耳朵，似乎說明了主人不怎麼具備戰鬥力。

儘管身高只有對方的一半，兔耳少女依舊奮力地挺直身軀……只不過其胸前的一片絕壁也不能因此得到半分突顯，不禁令人覺得有些可悲。

「第六天魔城的大總管，我，帕思莉亞在此警告妳：快點放了惠恩大人，那樣的話，我或許還能考慮饒妳不死！」

縱使嬌小少女喊得慷慨激昂，可惜的是入侵者完全沒被嚇倒，錯就錯在她手上握住的那根武器。

比起實實在在地攻擊對手，拿出這把矛戟的功用似乎是為了壯膽。然而即使勉勉強強拿住了武器，那根矛戟的長度都快有她兩倍高了，沉重的武器握在少女手中顯得搖搖晃晃，看起來十分可笑。

少女一副快昏倒了的樣子，兩腿在那邊抖個不停，真讓人擔心她會不會咕咚一聲被壓在矛戟下面。

「驅械者們，前進，把刺客拿下！」

嬌小少女扯開喉嚨全力大叫：

「惠恩大人請不要擔心，帕思莉亞這就來救您！」

入侵者無動於衷地望向從樓梯間衝上來的驅械者兵團。這些沒有自我意識的戰鬥盔甲，如果放在戰場上，或許能成為普通士兵十分頭痛的對手，可是如果是碰上像她這種程度的戰士……

匡匡匡匡！

下場就會變得慘不忍睹。

「嗚哇！」

跟隨在驅械者兵團後面衝上來的帕思莉亞，好像完全沒料到這樣的景象，十具驅械者瞬間在眼前被秒殺，頓時將帕思莉亞嚇得不知所措。揮動著長劍的銀髮少女，將與其髮色同樣的劍光匯成一道風暴洪流，銀光到處，鎧甲紛紛四散解體。

在四散飛舞的鋼鐵碎片中，帕思莉亞閉上雙眼，咬緊牙關用力地揮出了矛戟，可是，下一瞬間，帕思莉亞卻滾到了地上。

「……」

「嗚喔……好痛。」

小巧的兔耳少女在地上接連翻滾了好幾個圈，終於噙著淚睜開雙眼。正當她努力地試著想要爬起來時，剛抬起頭卻看見一柄長劍正對著自己眉心，頓時倒抽一口冷氣。

「失、失策，沒想到我居然也被妳打倒了。」

不甘心的帕思莉亞搥打地板，恨恨地咬住了嘴唇。

「不，我根本什麼也沒做。純粹是妳自己重心不穩跌倒而已吧。」

入侵者露出傻愣住了的表情道。

「帕思莉亞！」

從正處於被挾持狀態的魔王嘴裡吐出了哭喪的聲音。

「妳不要管我，快逃吧！」

「說、說什麼傻話？惠恩大人，請、請不要驚慌失措，請務必記得保持魔王的威嚴。屬下一定會救您出去的！」

「等、等一下，你們兩個……」

「帕思莉亞！」

「惠恩大人！」

「帕思莉亞！」

「惠恩大人！」

帕思莉亞也聲嘶力竭地大喊，魔王和下屬兩人眼淚汪汪、真情對視的模樣，看起來非常動人。

「帕……」

「夠了沒有，這到底是在演哪齣啊？」

被晾在旁邊的銀髮少女終於忍不住大喝一聲，將兩人拉回現實。

「呼，呼……你、你們兩個，可以不要無視我的存在嗎？」

「女英雄請息怒……」

全身籠罩在一團黑影之中的魔王慌慌張張地搖著手，額頭上冒出無數青筋，快要按捺不住脾氣的銀髮少女，氣喘吁吁地抖了抖肩。

「嗚，好可怕！」

「沒想到魔王竟然這麼窩囊。」

望著將身體蜷縮成一團、宛如一隻簑衣蟲的魔王，銀髮少女也沒辦法一直維持殺氣騰騰的情緒，她用力地嘆了口氣，像是要把腦袋裡的混亂全都驅散掉。

「我說啊……這是怎麼一回事？我到底是來到了魔宮，還是哪部芭樂劇的排演現場？傳說中窮凶極惡的魔王，怎麼、怎麼會是這麼弱不禁風的模樣呢！難道你是假的魔王？」

「混帳傢伙！注意妳的用詞，有眼不識泰山啊妳，怎麼可能會有假的魔王？在妳眼前的可是如假包換的第六天魔王大人，膽敢隨便質疑的傢伙，眼睛都會爛掉，嘴巴都會爛掉，還有身體也都……」

「帕、帕思莉亞，該注意用詞的人是妳吧，別忘記妳現在可還是被劍尖指著唷！」

「嗚！」

望著明晃晃地指著自己鼻頭的長劍，帕思莉亞忍不住發出了嗚咽的慘叫，然而她還是努力壓抑住了內心的恐懼，怒瞪眼前的入侵者。

「少、少廢話，我帕思莉亞可是惠恩大人最忠誠的部下，肩負著保護大人的職責，才、才不會被一點小事就嚇倒。說！妳、妳到底是哪個家族派來的刺客？海爾、緹雷，還是馬瑟？」

「妳在說什麼？我沒有替任何人效力。」

「哈，少騙人了，妳一定元老議會那些臭老頭派來的吧？除了他們之外，哪還有人有殺惠恩大人的理由？」

「我真的從來沒聽說過什麼元老議會，信不信隨妳。」

「哼，看來妳是不會輕易鬆口的。不過，既然都被妳制住了，我也沒辦法多說什麼，要殺要剮就隨便妳了。」

帕思莉亞就像是賭氣般地抱起了胸口。

「但是我有一個條件，妳想對我怎樣都可以，放過惠恩大人吧！」

「惠恩……是指第六天魔王的名字嗎？」

銀髮少女搖了搖頭。

「這不可能，我到這裡來就是為了殺死他。」

「妳這……」

帕思莉亞聞言，馬上露出一副想要撲上去的樣子，銀髮少女卻更快以擺在她眼前的劍尖令她不敢輕舉妄動。

這時，被踩在銀髮少女腳下的魔王戰戰兢兢地舉起了一隻手。

「那個……女英雄，在妳殺掉我之前，我可以請問一個問題嗎？如果妳不是為元老議會效命，那麼妳到底是誰，又為什麼無緣無故要殺我呢？」

「……好吧，就當作是為了別讓你帶著遺憾去到那個世界，我就告訴你。」

銀髮少女掀開了胸前的斗篷，露出刻劃在胸甲上面的威風凜凜的紋章。

「我的名字叫做雪琳，是來自於雪山與低谷的北之國的戰士。」

「妳盔甲上的那個徽記……」

帕思莉亞倒抽一口冷氣，說道：

「我認得它，那是人類王國頒發的勇者之證，據說是只賜給在與我們的戰爭裡表現最傑出的強大戰士的證明。」

「沒錯，我們是在國王面前立下誓言的正義守護者。我來到這裡只有一個理由，第六天魔王，只有奪走你這個可惡的魔族首領的性命，才能讓人類與魔族間的戰事徹底終結。」

「等、等一下，妳、妳這樣說一點都不合理吧！」

帕思莉亞激動地大喊：

「戰爭不是早就已經終結了嗎？而且誰都知道，就是惠恩大人主動和人類國王簽下了休戰的協約，所以你們才能享受到現在的和平。妳感謝惠恩大人都來不及了，居然還想要殺他！」

「哼！狡猾的魔族，我才不會上當呢！雖然你們說要和國王們簽訂和平協約，但那根本就是騙人的吧？你們表面上故作與大家和平共處，但私底下卻是在積蓄力量，打算趁我們人類放鬆戒心的時候偷襲反擊，我說得沒有錯吧？但是我是不會讓你們的奸計得逞的。」

「誰、誰是狡猾的魔族啊，妳才是忘恩負義的人類！」

「妳說什麼？」

「妳不但忘恩負義，而且還信口雌黃！」

「住口！」

雪琳緊握拳頭，雙眼快要冒出火來。

「第六天魔王是魔族中的精神領袖，也是最為強大的戰力。魔王一日不除，只要他一聲令下，魔族便有東山再起的機會，難道我有說錯嗎？」

「哈，妳這番發言更是證明了自己的無知與愚蠢，臭人類，事情才不是妳想的那樣！」

「好了好了，妳們兩個都別吵了，帕思莉亞，我想雪琳小姐只是誤會我們，才會產生這樣子的想法，妳應該體諒一下人家。」

「惠恩大人，你幹嘛替這個人類說話？她可是打算要殺你的人耶！」

「可是……」

「用不著你多管閒事，魔王！」

「嗚嗚……為什麼妳們都不聽我說話……」

氣氛變得越來越火爆，瞬間，雪琳和帕思莉亞的距離縮減為零，額頭抵著額頭。

兩人互不相讓，散發出一股旁人無法插手的氣勢，彼此用眼神較量著要壓倒對方，宛如龍爭虎鬥。

「絕對不允許妳這種傢伙侮辱人類！」

「現在就要妳知道我的厲害！」

威逼！怒罵！咬牙！踩踏！

「嗚哇——」

打破兩人之間僵局的是來自於一直被踩在雪琳腳底下的魔王。

「哎唷，不好！」

「惠恩大人！」

踩下去了！因為太過於激動，結果不小心真的踩下去了！意識到自己鑄成大錯的雪琳雖然趕緊縮回腳，卻來不及了。

魔王抱著肚子瘋狂打滾，一邊發出了悲鳴。

「快、快點救命啊！」

帕思莉亞慌慌張張地推開雪琳。

事情出現了很奇妙的發展。

不管怎麼說，得到了讓人類與魔族的兩名少女手忙腳亂地聯合照顧的尊榮待遇，甚至還讓人類勇者誠惶誠恐道歉的魔王，史上恐怕是頭一遭吧！

三人折騰了好久，好不容易才確定了魔王平安無事。雪琳一面露出歉疚的眼神一面退到牆邊，看著暫無大礙的魔王靠在牆邊休息，自己也終於鬆了一口氣。

「媽啊，差點就把肚皮踩破了！」

「……所以說我不是道過歉了嗎？」

「好、好了，我想我應該沒事，帕思莉亞，妳就別再苛責雪琳小姐了。」

「惠恩大人，您的寬宏大量根本不必用在這種人身上吧！」

帕思莉亞不滿地嘟囔著，但也停止了繼續對雪琳挖苦的行為。

魔王轉過頭來，以虛弱的聲音開口：

「總之，我們現在應該先來解決雪琳小姐的誤會，讓她知道自己根本沒有對我動手的理由。」

「你這話是什麼意思？」

雪琳耿耿於懷地皺起了眉頭。

「請你解釋清楚，我是哪裡誤會了？」

魔王嘆了一口氣。

「最大的誤會就是……雪琳小姐，就算妳把我殺掉，也不可能阻止戰爭重演啊！因為現在能夠讓第六天魔族再次集結軍隊發動進攻的權力，並不在我身上。」

雪琳露出了詫異的表情。

魔王緩緩地將一隻手掌按在了自己的胸口，雪琳看見了令人驚訝的一幕。

籠罩住魔王身體的黑影開始產生了龜裂，在微光中，他的身體開始像蛹一樣向著兩邊破碎，剝落粉碎的影之冑甲中，隱藏其中的魔王真身終於浮現。

「這是……」

雖然早就意識到模糊的黑影不會是魔王真正的形貌，眼前所見的景象仍教雪琳驚訝得合不攏嘴。

出現在她眼前的是一名身材中等的少年，有著藍色頭髮與同樣藍色的眼珠，簡單的髮型和柔和彎曲的嘴角，在友善中帶著一絲絲的緊張。

「你……這、這就是第六天魔王的真正模樣嗎？不、不可能呀，傳說中的第六天魔王應該是一名有著魁梧身材、令人聞風喪膽的恐怖戰士才對！」

不管怎麼看，眼前的這名少年都是普通得不能再普通，與傳說中的戰士八竿子打不上邊——略微露出稚氣的容顏，稍微打量了一下，年紀搞不好比自己還小，這樣的傢伙，怎麼可能……

茫然的銀髮少女不自覺地垂下了應該始終保持警戒的長劍，呆若木雞地愣滯無言，少年露出了苦笑。

「雪琳小姐所說的，應該是我的父親吧！」

「父、父親？」

「是的。」

少年點點頭。

「我的名字叫做惠恩，身分的話……勉強叫做現任的第六天魔王吧！」

「您在說什麼啊，惠恩大人就是不折不扣的第六天魔王，哪有什麼勉強不勉強的？」

帕思莉亞高聲大喊。

「可是……毫無力量的我，只不過是稍微繼承了一點父親的血統，才登上這個位置的啊！」

雪琳驚訝地注視著惠恩，從那名少年的臉上，雪琳看見了一張充滿無奈神色的臉龐。

「竟、竟然還會有這種事！」

從惠恩口中聽完事情始末的雪琳，忍不住發出了難以置信的輕呼。

眼前這名看似平凡的少年名為惠恩，既是第六天魔王，也不是第六天魔王。

說是第六天魔王，因為這毋庸置疑乃是少年此刻的身分；然而說其不是第六天魔王的理由，則是因為他並不是雪琳所熟知的「第六天魔王」。

與人類為敵、久戰沙場，成為猶如鬼神之代名詞，諸國無不除之而後快的心腹大患「第六天魔王」早就已經死了，死因是戰死。

在第六天魔族與人類數百年來漫長的鬥爭中，無數英雄豪傑繼起而又殞落，就在漫長戰事快要接近終點的某一天，終於就連第六天魔王本身也逃不過這般無情的命運。而後，由於其子嗣幾乎都在戰爭中死絕殆盡，魔王之位在後繼無人的情況下，大臣們好不容易才找到了主上與平民女性偷情所生下的孩子，匆匆地擁立為王。

「是的，但我並沒有繼承父親強大的魔力，所以根本不可能率領族人繼續作戰。既然如此，倒不如和人類簽訂和平協約還比較好。」

惠恩說得簡單乾脆，一點也不覺得惋惜。

「但是，那些可惡的元老議會臭老頭，居然趁惠恩大人有求於他們的時候，趁機要求惠恩大人交出權力，甚至還把被迫讓出統治者之位的惠恩大人趕到這種地方來！」

帕思莉亞忿忿不平地說道。

「別這麼說，帕思莉亞，我知道自己不是塊治理別人的料，才將統治權移交給元老們，希望他們能好好地帶領族人，邁向穩定繁榮的未來。」

「惠恩大人，您的心腸實在太好了。」

面對嬌小的獸人少女向自己投來的感動眼神，惠恩只是吶吶地露出了傻笑。

「所以說，現在的我，根本沒有值得妳動手的理由，因為我既不擁有對人類王國構成威脅的力量，也不可能再指揮魔族軍隊。」

「怎、怎麼會這樣……」

可憐的雪琳，似乎已經方寸大亂，任由長劍無力地垂落到身側，跌跌撞撞地退到牆邊。

「我……費了千辛萬苦才來到這裡……」

要從北之國來到第六天魔境並不是件容易的事，除了要度過雪山、荒野、密林等險惡的自然環境，沿途更得經歷重重危險。她這一路上一定吃了不少苦頭，應該是憑著一股意志力才抵達這裡的吧！惠恩不禁露出了同情的眼神。

「……究竟是為了什麼？」

但是沒辦法，不告訴她真相，要被殺死的就是自己了。

惠恩歉疚地想要開口，帕思莉亞卻決定在這裡繼續火上加油。

「總之，妳現在應該明白了吧？殺死惠恩大人對妳不但沒有好處，而且恐怕會帶來更糟糕的後果。一旦惠恩大人被殺，必定激起我族的民憤，到時得來不易的和平便會毀於一旦，而這一切，就是妳雪琳造成的！」

被帕思莉亞豎起的手指這麼一比劃，雪琳猶如被一柄銳利的鏃箭射穿心臟般地慘叫一聲，露出不知該如何是好的錯亂表情，身體顫抖著滑落在地。

「雪琳小姐？」

惠恩微微感到有些詫異，為什麼她的反應會這麼大？

「不、不能殺死魔王……那我……現在的我又該怎麼辦呢？」

緊咬著唇，勇者的模樣看起來大受打擊。

「雪琳小姐？」

「呃呃……啊啊啊……」

失魂落魄的雪琳抱住了腦袋，吐出痛苦呻吟。

「現在知道了吧，惠恩大人不是妳可以妄想蠢動的目標，清楚的話就給我滾……嗚！」

「不要再說了，帕思莉亞，雪琳小姐的模樣有些怪怪的。」

惠恩急急忙忙摀住了獸人少女的嘴巴，制止她再繼續口無遮攔下去。

他壯起膽子，小心翼翼地靠近銀髮的勇者。

「妳還好嗎？雪琳小姐，現在妳想怎麼做，真的打算要離開這裡了嗎？」

「我……我還有哪裡可以去呢？」

惠恩嚇了一大跳，不只是因為雪琳虛弱的聲音，而且流露在銀髮勇者臉龐上的，是無盡的悲傷與懊悔。

「我本來……本來是懷著即使犧牲也不要緊的覺悟，花光了僅剩的一點錢來到這裡，可是結局竟然是這樣的嗎？我、我還有什麼面目回去？不，已經沒有辦法了吧，現在已經……因為我的自私，奶奶、小伊……若是少了我寄回去的錢，她們這個冬天該怎麼辦啊……」

「這、這是什麼意思？雪琳小姐，請妳不要這麼喪氣，有什麼困難說出來讓我們聽聽看，或許我們能夠幫上什麼忙也說不一定喔！」

「惠、惠恩大人，您現在是在說什麼啊，居然說要幫人類的忙？」

帕思莉亞驚訝地說著，然而惠恩臉上的表情並不像是在開玩笑，弄得帕思莉亞不知所措。

「你能夠幫得上什麼忙呢，哈！」

雪琳似乎覺得很可笑似地搖了搖頭，心灰意冷地張開了嘴：

「算了，現在告訴你也無妨……戰爭結束以後，我一下子就變成一件大家都不再需要的垃圾。」

「咦？」

「這是指……戰爭結束後，各國都不再雇用勇者了吧？」

帕思莉亞說明：

「勇者這個名號雖然聽起來很響亮，實際上就是各國所雇用的比較厲害的傭兵，如果不再和魔族打仗，人類的國王當然不會想繼續花這筆錢。」

「所以……就是失業了吧？」

惠恩恍然大悟。

「但是，即使不再需要戰鬥了，雪琳小姐不是還可以回去家鄉嗎？」

面對惠恩的詢問，雪琳朝他投去了一個彷彿訴說著「你又懂什麼了？」般的冷笑視線。

「我的家鄉是一片荒瘠、什麼都種植不了的雪山，而且，我也沒有戰鬥以外的技藝，回去能做什麼？這些年以來，我的家人都是靠著我作戰得來的傭金過活，一旦失去這份工作，她們的生活一定會變得很艱困。」

「所謂的戰士，雖然擁有人人懼怕的強大力量，然而一旦離開了可以作戰的戰場，就變得什麼也不是啊！」

帕思莉亞頗有深意地評論道。

「呵！小女孩，妳說得沒錯，戰士的確就是這樣，很可笑吧？」

喂！妳說什麼？妳是在叫誰小女孩？聽到了雪琳這句話，帕思莉亞生氣地不停揮拳跳腳，然而銀髮勇者卻絲毫沒有注意到對方的抗議，繼續用著受傷的語氣說道。

「儘管嘲笑我吧！說起來，我還要謝謝你們，多虧你們，現在我的頭腦變得冷靜一點了，也終於能夠審視自己荒唐的作為——嘴裡說什麼為了維護人類世界的和平，一切都是騙人的！」

雪琳抬高音量，怒吼著譴責自己：

「到頭來，其實是我隨便地把不被需要的不滿，遷怒到什麼都沒有錯的你身上，這樣的所作所為，根本沒資格被稱作是正義！這樣的我，根本就沒有用劍的資格！」

雪琳在激昂高喊的聲音中舉起長劍，抬過了肩膀，急速地揮下來的手臂，就像要把劍、怒火及戰士的自尊心同時扔出去般地猛烈。

這時，惠恩卻突如其來地抓住了她的手，然後下一瞬間，他整個人便因為猛烈的力道而撞上了地板。

「請等一下，呃啊！」

「嗚哇，你幹什麼？」

雪琳嚇了一大跳。

倒在地上的惠恩痛苦地呻吟，但依然緊抓著雪琳的手腕不放。

「雪、雪琳小姐，請妳不要這樣自暴自棄。」

惠恩的臉色非常認真，但是齜牙咧嘴的模樣卻顯得很沒有說服力。不管怎麼說，他現在可是很努力地忍耐著後腦勺的疼痛，不過現在沒空管這些。

「並不是任何人都不需要妳。雪琳小姐沒有地方可以去的話，就請妳留下來吧！」

「欸欸欸欸欸欸欸欸？」

「留……啥米？」

雪琳與帕思莉亞同時把嘴巴張得好大。

「我沒有聽錯吧，惠恩大人！您您你你你你……您說要讓這個人類留下來？」

帕思莉亞很沒禮貌地直指著雪琳的鼻子。

「叭叭！不可以！」

兩手比了一個大叉叉。

「您的腦袋是燒壞了嗎？啊！請恕我失禮……您的腦袋是燒壞了嗎？因為很重要所以有必要說兩次，要說兩次！放著這種不久前才想要取您性命的傢伙在身邊，實在太危險了！況且，我也看不出來讓她留下來有什麼助益。」

「我們現在不是正需要借重雪琳小姐的長才嗎？」

惠恩樂觀地說道：

「城堡裡頭正缺一個保鑣，以雪琳小姐的能力絕對足堪勝任。」

「先不提讓一個人類擔任身為第六天魔王的您的護衛這件事有多荒謬，我們魔宮現在也不缺護衛，我們還有魔傀儡驅械者可以保護您的安全，它們……啊！」

帕思莉亞一下子捂住了嘴巴。

「驅械者……」

她引以為傲的驅械者們，如今已化作殘骸七零八落地散布在地面。

「這是最後一批護衛了說……」

帕思莉亞啞口無言，苦惱的面孔像是用過的拭手紙巾一般揉皺糾結……啊啊！在她的腦海裡浮現出一幅景象，那是關於存錢桶裡面的金幣忽然像是變魔術一樣消失不見了的悲慘畫面。

籌措修理的費用可是魔城總管的工作啊，比起惠恩，她的腦袋才真的是要燒壞了。

惠恩轉過身來面對雪琳。

「妳覺得如何呢，雪琳小姐？」

「什、什麼如何？」

雪琳抱緊雙臂，略微警戒地直盯著惠恩的臉部表情。

她想從那張臉上尋找什麼，也許是一個答案。

魔王的臉上依舊呈現過於柔和的線條。

望著朝自己伸過來的手，雪琳手足無措地僵立原地。

這名少年，從最一開始帶給她的感覺就如同一匹布——既不是剪刀也不是石頭，而是一匹絹布，溫柔地包裹了旁人的衝動與魯莽所造成的銳利。

「當然是說我的提議囉，雪琳小姐。」

魔王的語氣誠摯，眼神毫無虛偽，雖然他說出來的話語內容荒唐得讓人以為是天方夜譚。雪琳的心情猶如沸騰翻滾的大鍋不斷冒泡，腹部因為緊張而微微縮緊，這一切的一切都是因為眼前少年的緣故。

如果能證明他是在欺騙我就好了，那樣的話雪琳就可以毫無負擔地拒絕，甚至反過來痛打他一頓。

可是雪琳的內心卻很清楚。

眼前這個人，是真心的。

這、這個傢伙，到底在想什麼？他是真的以為彼此之間可以如此簡單地化敵為友嗎？

他們一個是魔族，另一個則是人類，本來應該互相敵對才是，結果不知為何，現在卻變成其中一方朝對方伸出了友誼之手，不要說是處理的經驗了，這種事雪琳連想都沒想過。

到底該如何處理這複雜的心情呢？

雪琳不得不以強烈的語氣回應來掩飾內心動搖。

「你、你這是在拿我來開玩笑對吧?竟、竟然說要讓一個人類的勇者來保護……身為魔王的你?」

「這有什麼不對嗎?戰爭結束了,我們不再是敵人了,既然如此,就算我要雇用妳來替我做事,當然也是沒有關係的吧?」

不,這應該有很多地方不對的吧!雪琳在心底吶喊著,然而魔王坦蕩而真誠的眼神刺痛她的靈魂。

「惠恩大人!」

帕思莉亞慌亂地叫道:

「不管怎麼說,這種事還是太胡來了。很多人會說閒話的!」

「那就讓他們去說吧。」

惠恩昂然不屈地開口:

「現在已經是和平的時代了吧!勇者與魔王……這些都是屬於過去時代的代名詞,我不會被這種無聊的東西束縛住。撇開種族,雪琳小姐也只不過是個人而已,是個在這個時候感到困難、需要幫助的人而已。帕思莉亞,我說過吧,在這個魔境裡面,身為魔王的我,不管是誰,只要有需要我都會幫助。」

「真、真是的……」

被惠恩那副堅定不移的神情注視著，身為魔城總管的帕思莉亞讓步了。

「每次您露出這種模樣時，我不就非得聽從您的命令了嗎？」

嘴上喃喃抱怨著的帕思莉亞，卻並不像是有感到任何不滿。

「所以說，您如果想要的話還是可以辦到的嘛！惠恩大人，像個真正的魔王那樣。」

「咦咦！是、是這樣的嗎？」

帕思莉亞露出一副「你看吧，就說你果然行的！」的表情，手扠著腰嘉許地對著惠恩點了點頭。

惠恩眨了眨眼，方才展露出來的堅決態度轉瞬間消散得無影無蹤，取而代之的，是茫然地將手臂放到後腦勺、慌慌張張又頗難為情的笑容。

見到此景，帕思莉亞忍不住嘆了口氣。

「那麼，現在就只剩雪琳小姐點頭答應了。我認為這是一個雙贏的局面，城堡需要人保護，雪琳小姐也正為了下一份工作發愁，對吧？」

雪琳咬了咬嘴唇。

確實，錢的確是個很誘人的動機，但是……

「我可是幾分鐘前還想要取你性命的人喔，讓我擔任你的護衛，難道你不怕會有危險嗎？」

這是最後的最後的殺手鐧了。聽完了惠恩剛剛那番話的雪琳，感到心裡頭的遲疑也在慢慢瓦解，懷著孤注一擲的想法提出了這樣的駁問。

然而換來的只是惠恩溫和的一笑。

「雪琳小姐的實力是有目共睹的，妳不是輕易地擊敗了城堡裡的驅械者嗎？這就代表雪琳小姐比魔法驅動的鎧甲更厲害。」

他微微低下頭，露出有些害臊的模樣。

「而且……若沒有懸念，我本該死在雪琳小姐劍下，如今我卻活著，我便深信能夠保護我性命的非雪琳小姐不可……若真有人要我的命，我也希望這個人就是妳，我不會有任何怨言。」

啊啊！這下子……真的輸了啊。

雪琳露出投降的表情，輕輕吐了一口氣，然後點了點頭。

「我知道了，我就接受你的委託。」

「太好了！」

惠恩臉上露出欣喜的表情。

這傢伙……

雪琳還真不知道自己究竟該如何評價這個……魔王。她朝著眼前高興得手舞足蹈的少年伸出了手。

「接下來請多指教了，我的雇主，第六天魔王大人。」

「請叫我惠恩。接下來也請多指教了，雪琳小姐。」

隨著一名現職為魔王的魔族，以及一名曾經是勇者的人類的手彼此交握，這位名為雪琳的銀髮少女劍士的命運，開始起了翻天覆地的轉變……

Unemployed Heroine and Devil's Guard
ch.2 身為勇者，最致命的地方是尾巴！

「雪琳小姐！雪琳小姐？」

那是什麼聲音？

「嗚……呃……」

在眼皮上輕輕跳舞的紅光，那是什麼？

意識從睡夢中被打撈上來的那一刻，即使眼睛還沒有睜開，可是精神已然從昏眩中恢復清醒。這種感覺教人不快，雪琳的身體吶喊著真想再多沉溺於甜美的夢境一陣子啊！上一次能夠這麼舒服地睡飽是什麼時候了呢？是半年前、還是更久遠？

雪琳想要反抗會逐漸把她從夢鄉拖走的事物，身體實施頭腦意志準備翻身的同時，纏繞在身上的軟綿綿的東西試圖充滿惰性地抵抗，軟綿綿，又暖呼呼，鑽進裡面的話，可以跟它依偎一輩子也不會厭倦。

「……雪琳小姐？」

充滿擔憂感的聲音再次傳進耳朵，可是對雪琳而言，這種聲音簡直就跟嗡嗡叫著的蚊子一樣可惱。

「走開啦，我要睡覺。」

「雪琳小姐，已經早上了喔！」

膽大包天的蚊子，擾人清夢還不夠，現在居然對著她動手動腳起來！雪琳對加諸在自己身上的輕輕搖晃迅速感到不耐。

「……我不是說了，我想要睡覺嗎！」

確有必要予以天誅！受死吧，臭蚊子！

「喝啊！」

雪琳閉著眼，想也不想，從棉被裡頭抽出的手臂迅速轉化為乾淨俐落的直拳，直直轟中那個倒楣的物體。

拳頭上傳來的觸感說明了確實命中目標。對方發出慘叫，「哇啊」一聲飛了出去。

「咦？」

可是，就在擊中的那一剎那，雪琳驚覺事態不對。殘留在手上的柔軟，以及貨真價實的體溫，帶來一個令人驚恐的事實。

她打到的不是蚊子，是人！

完蛋了！

強烈的衝擊使得雪琳迅速睜開眼。

這裡是哪裡？

腦袋迷茫混亂的此刻，眼前的景象更是讓雪琳完全搞不清楚事態的發展，映入眼簾的是一個陌生的空間。

首先看見的是從支起的上半身滑落下來的雪白色的銀絲薄被，薄被底下是一張同樣色調的軟墊大床，床下地板鋪墊了織金紅毯，沿著紅毯讓視線繼續延伸，眼前是一間中等格局，擺設簡單但明顯看得出精心裝潢的房間。

——以及，以難看姿勢在半空中旋轉著的惠恩。

他在空中飛！

他為什麼在空中飛？

「惠恩？」

雪琳張大嘴巴，為什麼惠恩會出現在這裡？

不過現在不是探究這個的時候了，藍髮少年在空中跳著歪七扭八的舞，掙扎著想要逃脫既定的命運，不過卻是徒勞無功……匡砰！

嗚哇！

雪琳下意識地別過頭，當下發生的畫面實在慘不忍睹，以面部直接著地的惠恩，呈現了一個充滿穩定感的姿勢。

「你還……」

好吧？最後兩個字未能說出口，一道暗沉的閃光吸引住雪琳的視線，她抬起頭，臉色刷地變得蒼白。

「小心！」

雪琳舉起手來大叫，可是晚了一步，她唯一能做的就是趕快縮回身體。

半空中還有一樣物體在旋轉，那是原本捧在惠恩手上的黃銅水盆。

水盆做著花式跳水的夢，如今它終於可以實現長久以來的夢想，那是讓人眼淚都會流出來的俐落翻轉三圈半，可以說水盆的一生中再也沒有比此時更加輝煌的一刻。

盆子裡面的水也興高采烈地灑出，然後——

「呀啊啊啊啊！」

惠恩整個人悲慘地被淋成了落湯雞。可是這還沒結束，馬上——

匡噹！

「嗚！」

試著支起身體的惠恩，腦袋又成了水盆的緩衝墊，身軀也隨即垮了下去。

雪琳已經閉上了眼，無論她有多麼勇敢，也看不下去那樣的慘劇。過了幾秒鐘後，她再次睜開雙眼，只見趴在地上的惠恩不發一語，四肢伸直，一動也不動。

「你還好吧？」

應該是要問還活著吧？不過即便可以把問句問完，可惜惠恩看來再也不能回答了。

雪琳一腳踢開被子，匆匆忙忙地跳下床拉起惠恩。

「嗚、嗚呃……我好像看到，已經過世的媽媽在河的對岸跟我招手……」

「你可千萬不要過去啊！」

「呃、呃喝，我已經回來了。」

「嗯，那就好……我的手上有幾根手指頭？」

「六根。」

「嗯，看起來沒問題喔。」

雪琳收回了豎起來的三根手指，掩耳盜鈴地別過了頭。

「嗚嗚！」

惠恩身上的衣服全都溼透了，委屈地開口：

「……雪琳小姐，妳為什麼要打我？」

「那、那個，是意外啦！」

雪琳難以啟齒，趕緊搖了搖頭。

「先不談這個了，你全……」

本來想要說他全身衣服都溼掉了，可是這樣一來，就好像自己十分關心他的樣子，更顯得做賊心虛。於是雪琳硬生生地轉移了話題。

「你為什麼會在這裡？」

「哈、哈啾！咦，那個……我是來叫雪琳小姐起、起床的啊，哈啾！」

「叫我起床？」

「對啊，還有這是洗臉水……不過現在沒有了。」

惠恩望著空掉的黃銅水盆懊惱地說。

雪琳愣了一下。

對、對啊！確實如此，現在一切都豁然貫通了。自己所在的這個地方是「第六天魔城」裡頭的一間客房，不過現在已經變成專屬於雪琳個人使用的房間，自從雪琳決定要擔任第六天魔王惠恩的護衛開始，也可以享受到此等待遇。

雪琳心想，她是睡迷糊了嗎？居然把這種事忘掉了。

不過這也不能責怪她，她的腦袋裡面只依稀記得了簽署完契約後，惠恩還很熱心地替她辦了一個小小的歡迎會。

雖然只是個僅有三個人參加的歡迎會，帕思莉亞還一副不情不願的樣子，然而席間她卻吃到了漫長旅途中根本無法奢望的超級美味料理，有熱騰騰的燉菜、濃湯還有鐵鍋炊煮……她為什麼對菜譜記憶得那麼詳細，難道自己是個貪吃鬼？

吃飽喝足後，惠恩帶她來到這個房間，在經過了大半年餐風露宿的生活後，雪琳實在難以抗拒潔白又柔軟的床鋪，一倒下去便不省人事了。

「唔……」

就連雪琳自己也覺得不尋常。自己是怎麼了？難道是因為得到工作，使得長期以來一直累積在心裡的緊張情緒獲得了釋放，才會變得這麼沒有警戒心嗎？

「雪琳小姐，早餐已經做好了，請趕快出去吃吧！」

雪琳瞥了惠恩一眼。

這個傢伙……真的是自己的雇主嗎？事到如今還是一點也不真切，完全沒有一個主人該有的樣子，兩眼閃爍著光芒，殷殷期盼著讚賞，臉上總是掛著溫和的微笑。

……說是魔王，但其實是個僕人吧？剛才是不是還說了什麼洗臉水？

雪琳又不禁開始懷疑，其實眼前的這名少年會不會根本只是魔城之中的一個僕役，真正的「第六天魔王」另有其人，說不定本尊就在哪一天從遠方折返，又或者其實他一直躲在暗中偷偷注意自己的一舉一動。

算、算了吧，我的想像力實在太豐富了。

她嘲笑自己。惠恩當然是毋庸置疑的「第六天魔王」，同時也是這座「第六天魔城」真正的主人。

「那、那個，再不快一點的話，飯菜會冷掉唷！」

堂堂的第六天魔王好像很在意早餐冷掉這種小事。

「嗯，好，我知道了。」

銀髮少女按著前額，有些頭痛地搖了搖手。

「你在這裡，我沒有辦法換衣服了！」

「咦咦！呀啊！」

惠恩手足無措地跳了起來。

雪琳抱著雙臂，她身上只罩著一件長衫，長衫底下露出了一雙修長雪白的大腿，形狀姣好的膝蓋，如潤滑美玉的小腿，接著是腳踝，然後是腳背，最後是腳趾……一想到那件衣服底下可能什麼都沒有，惠恩突然覺得口乾舌燥。

「啊啊，是我錯了，我居然逗留在高貴仕女的房間裡面！」

「給我出去！限你三秒鐘之內消失在我的視線裡面，不然我就要拿劍囉！」

雪琳說完轉身裝作要去提床頭的劍。

「嗚哇，不、不要啊！」

「三……二……一！」

趴砰！

大門緊緊闔上，惠恩已經一溜煙消失得無影無蹤。

雪琳好氣又好笑地咂咂嘴。

其實她並沒有真的要脫衣服，只是隨便找了一個藉口把惠恩趕出去而已。不過，轉念一想，身上濕濕黏黏的感覺真不好受，所以她還是鎖上門，然後把窗簾全都拉緊。

雪琳穿在身上的白色輕薄棉布衫，形式是有些寬鬆的設計，這套原本是北之國上層階級的居家服裝，卻被她拿來當成睡衣使用。畢竟不管再怎樣厲害的戰士也沒辦法穿著鎧甲睡覺。對於把作為傭兵所賺來的錢全都寄回老家的雪琳而言，這套衣衫大概是身邊唯一的奢侈品了。

雪琳把掉在地上的水盆撿起，盆底還殘留一些水漬，可以拿來沾濕毛巾抹一抹臉。

「是熱水？」

還真是講究。

在資源匱乏的戰場上，每天早上醒過來時要是能有些髒水潑在臉上提神就已經是極為奢侈的享受了，因此雪琳並不在意這些事情，嬌生慣養的戰士是不能打仗的。

她將刮了刮水盆底部的手指湊近鼻腔，居然還聞得出淡淡的香氣。

呃……這些住在城堡裡頭的貴族到底是怎麼搞的，居然用香水來盥洗，這種行徑也太不男人了吧！

她拿起桌上的冷水瓶將水盆再次注滿，接著開始褪去身上的衣物。

金黃的晨光透過了窗簾的隙縫，灑落在少女的胴體上，熠熠生輝。

穠纖合度的身材，身軀線條凝斂緊實，不見大塊的肌肉，戰士的英姿與少女的嬌柔在這具身體上確實並存。

少女的肌膚潔白勝雪，晶瑩剔透。如同雪花膏般細滑的堅挺雙峰上，點綴兩顆小巧玲瓏的紅豆，從雪白玉頸上沁出了因為燠熱而流淌的汗珠，沿著兩座起伏的丘陵滑落，越過山丘底下平坦的平原，鑽入深邃的密林地帶。

雪琳以毛巾沾冷水擦拭身體，仔細地清潔。

將夜晚的汗水擦掉後，整個人神清氣爽，雪琳重新將裹胸布綁起，才穿回衣服。

接著再套上鎧甲。

雪琳的這副盔甲是她特地請人配合自己的身形打造，經過名匠巧手設計後的逸品，不用仰借他人也能夠獨力穿起的半身胸甲，非常適合擅長單兵作戰的「勇者」使用。

接下來護腿、護手跟戰靴等額外配件，要穿戴的時候也不如胸甲麻煩，整個過程不到五分鐘。打理完裝備之後，雪琳推開房門，在走向餐廳的過程中拿出編繩繫住頭髮，接著快步前進。

「妳連吃個早餐也要這樣全副武裝嗎？難道是想拿刀劍來對付牛排？」

「唔……」

結果她一大早的努力換來的卻是帕思莉亞尖酸的奚落。

雪琳紅著耳朵，無話反駁。

「不、不穿成這樣的話，我就無法心安嘛！」

「哧！隨便妳。」

第六天魔城中的餐廳一隅。

雖然稱作「餐廳」，然而僅僅以這樣的名詞來形容，是無法正確捕捉其形貌的。

雪琳的頭頂上方，三層樓高的天花板上繪製著繁複細膩的穹頂畫，由屋頂的中軸向兩側延展，共有十二道描繪著神話故事的彩繪玻璃大窗，將透落下來的陽光轉變為豔麗的奇妙色彩。

這樣一處巨大寬敞的空間，即便說能讓一個巨人在這邊跳舞也絕非誇飾，而在房間的正中央，擺設了一張超級巨大的長桌。

即使環繞在四周圍的牆上的掛氈、高處的燭臺、腳下的紅毯……無一不是金碧輝煌的珍稀藝術品，可是這張桌子的氣勢仍可以教它們相形遜色。

能夠讓三十個人以上同時在一起用餐的黑色大餐桌，再也沒有什麼東西比它更能展現出魔城主人的尊貴氣派了！儘管如此，這張桌子目前只有三個人在使用，空蕩蕩的模樣顯得格外寂寞冷清。

在餐桌上的三個人分別是現任第六天魔王惠恩，任職魔城總管的帕思莉亞，還有昨天晚上才剛剛就任的新科魔城護衛雪琳。

「歡迎，歡迎，雪琳小姐，歡迎妳！」

「惠恩大人，只不過是吃頓早餐，用不著這麼誇張吧？」

「別這麼說嘛，帕思莉亞，今天是難能可貴地有新朋友加入我們的好日子，難道不應該更高興一下嗎？」

「什麼難能可貴啊……分明是不懂得察言觀色的女人，狐狸精、第三者！」

「嗯，妳剛剛說了什麼嗎，帕思莉亞？」

「沒、沒有，我什麼也沒說。惠恩大人，不必理會這種女人啦，時間到了她就會像條狗一樣自動出現在餐桌上了。」

「喂！我可是都聽到了喔！」

雪琳和帕思莉亞交換了一個互不相讓的眼神，才分別走向座位。

眼前已經擺好豐盛的食物等待她的蒞臨。

「唔嗯……」

入座的經驗再次讓雪琳的內心感到衝擊，她忐忑不安地嚥了嚥口水，因為自己從來沒有在這麼奢華的地方用過餐。

柔軟的扶手椅，華麗的外型乍看之下還以為是王座，連椅墊在坐下去時，也是讓人整個陷進去般地舒服；握在手上的刀叉，同樣金光閃閃，把這麼樣漂亮的餐刀插進麵包裡，難道不會遭天譴嗎？

在這種情況下，雪琳非常佩服帕思莉亞依舊能吃得如此泰然自若……不，帕思莉亞其實是在同一個時間內努力地做著三件事，除了吃早餐，她還閱讀攤滿在她眼前的大量文件，最後則是不時抽出時間來對雪琳施加白眼。

討厭！討厭！我討厭妳！帕思莉亞一副就是在看某種髒東西的模樣。

「怎麼了嗎，帕思莉亞？」

「沒有，眼睛裡面有髒東西。」

「咦，進了灰塵嗎？需不需要我幫妳吹一吹？」

「不必了，惠恩大人，那麼巨大的灰塵，光是靠嘴巴的話恐怕吹不動！」

顯然是話中有話，刺得別人渾身不爽……她直到現在仍對銀髮少女有所顧忌。遭受到這種待遇，本該讓人覺得滿心不快才是，然而此時此刻的雪琳卻沒辦法產生這種情緒。

其原因是……帕思莉亞頭上那對不停晃動的兔耳朵。

因情緒激動時而不停搖晃的尾巴跟耳朵，好像是當事人無法控制的。

張牙舞爪，企圖營造出凶惡模樣的兔子少女，不管如何努力，最終只會可悲地製造出充滿反差的可愛效果。

為了避免自己想去玩弄的衝動，雪琳連忙默默地把餐點塞進嘴裡大嚼特嚼。

「帕思莉亞，我不是說過了嗎？坐上餐桌時就要盡情享受食物，別把工作上面的事情帶到這裡來嘛！」

「這可不行啊，惠恩大人……魔城上下還有好多事情要忙，而且，文書處理是我的長才，這是帕思莉亞唯一能幫得到您的地方。帕思莉亞已經發過誓，要為惠恩大人鞠躬盡瘁，因此我是沒時間坐在這裡單純吃飯的。」

「唔……我真是說不動妳。」

惠恩無奈地抓了抓頭，只好任由帕思莉亞繼續檢閱著攤開來的各項卷軸、文書，嬌小的獸人少女孜孜矻矻，卻不小心把餡餅派皮的碎屑灑得到處都是。

「雪琳小姐，不知道食物合不合妳的胃口？」

「嗯……」

說實話，早餐非常好吃。肉湯清而不膩，而絞肉餡餅則是烤得香噴噴……嗚喔！伸向食物的雙手簡直停不下來。

「好吃！我還以為獸人族吃的會是什麼稀奇古怪的東西，想不到這麼美味……」

確實大出雪琳意外。

聽到這番話，惠恩露出了高興的笑容。

「太好了，雪琳小姐喜歡就好。我還擔心我做的東西會讓人類覺得難以下嚥呢。」

「……咦，這些東西都是你做的？」

雪琳停下吞嚥動作，一臉茫然地直盯著惠恩。少年搔了搔後腦勺，露出靦腆的微笑。

「哈哈……也沒什麼啦，這只是粗茶淡飯。」

不不不，才沒有這麼簡單呢……雪琳在鼻子前面搖了搖手。

堂堂的魔王大人親自下廚做早餐？

「難道這座魔城裡沒有廚師嗎？」

雪琳左顧右盼。說起來，似乎從昨晚開始就沒見到其他的宮女或是侍者……雖然雪琳對於上流社會的世界並不是很熟悉，但多少還算是有一點常識——通常越是尊貴的人們，身邊不越是會圍繞著許許多多的僕役，好幫助他們打點日常生活的一切嗎？

「太奇怪了，今天早上也是你叫我起床，難道沒有其他僕人嗎？」

「僕人？這裡沒有那種人喔，這座魔城裡頭就只有妳、我跟惠恩大人三個人而已。」

帕思莉亞回答。

「妳說什麼？可是這座城堡這麼大……」

「這裡本來是第六天魔王大人的行宮，之前惠恩大人從正宮遷居到這裡來時，本來也有攜帶大批的僕從，可是沒過多久就全都跑掉了。」

「原來如此，難怪看不到其他人，不過為什麼會這樣?你好歹是魔王耶!」

雖然是個很不像魔王的魔王。

惠恩露出了溫和的苦笑：

「哈哈……不是啦，其實是因為我不習慣被人服侍。」

「要不是因為惠恩大人寬宏大量，哪會允許那群叛徒離開?惠恩大人，您就別在意那些有眼無珠的傢伙們了，請放心，無論再怎麼悲傷難過都有我帕思莉亞陪在您身邊。」

「……其實我並沒有很難過啊。」

「啊啊，能夠跟隨您，真是我帕思莉亞三生有幸!」

儘管惠恩如此回答，帕思莉亞好像一個字都沒聽進去，交扣著十指，一副陶醉地沉浸在自己的世界……銀髮少女見狀猛翻白眼。

真是夠了。

雪琳一口接著一口，把美味的馬鈴薯泥塞進嘴裡。

「好了，閒話就說到這裡。喂!臭乳牛，別慢吞吞，趕快把飯吃完，今天有一項重大的任務要交給妳……哇啊!」

「咦、咦？發生什麼事？」

聽見帕思莉亞突然的慘叫，雪琳趕緊放下湯匙，緊張地抬起頭左顧右盼。

「妳妳妳妳……妳怎麼吃這麼多啊？」

「什麼？啊……」

銀髮少女的兩側，不知何時堆起了餐盤與飯碗的小山丘。

「這、這個是……」

無言以對，雪琳兩頰通紅，羞愧地兩隻手到處亂抓。

「一個不小心就……糟了，藏、藏不起來啊！」

怎麼可能以一己之力遮住堆到天花板的食器？帕思莉亞猛翻白眼，以一副氣結的表情說：「妳這傢伙也太會吃了吧……算了，既然如此就給我加倍賣力工作，把耳朵好好清乾淨，仔細聽我交代的事情。」

「交代我什麼？」

「是有關保護惠恩大人……可惡，您確定不改變心意嗎？」

惠恩微笑著搖了搖頭。

「謝謝妳的關心，帕思莉亞，可是我不能永遠都依賴著妳吧？更何況天氣這麼好，我也想出去走走。」

「但是……」

惠恩彎起眉毛，露出了溫和卻堅定的神色，帕思莉亞只好死了心。

「魔王的職責要務其中之一項是視察元老院並且聽取施政報告……」

「哈哈哈，也沒這麼誇張啦，頂多就是去露露臉——不過過去帕思莉亞老是以安全顧慮為由不讓我出門，既然現在有雪琳小姐在，應該不用煩惱這個問題了吧？」

「嗚！惠恩大人您別打斷我……唉，您不知道那個地方其實是……咳！總之，今天妳要護送惠恩大人進城。」

「妳說進城？我們現在不就在城裡嗎？」

「笨蛋！我說的『城』是指城市，跟妳說的城堡根本不一樣好嗎？唉……所以說人類就是低俗野蠻兼沒文化的種族，你們的城市發展不出像樣的規模，當然在語言中也不會產生這種概念。」

「是是是……第六天魔族最先進，第六天魔族最文明了，那麼請問偉大的總管大人，他要進的是哪一座城呀？」

雪琳不以為然地歪了歪頭。不過是區區殘暴野蠻的魔族，還會有什麼厲害的地方？

「是第六天魔城，名字雖然跟我們現在所處的城堡很像，但那裡是第六天魔境——同時也是七族大陸上最大的城邦，人口有三十萬之眾——惠恩大人執行公務的期間，擔任護衛的妳也必須隨侍在側，寸步不離地保護他的安全。」

「我明白了。」

「怎麼樣？這點小事……妳能辦到吧？」

「說那什麼傻話？不過是區區一趟護衛的任務，難道說妳在質疑我這個勇者的實力嗎？」雪琳吊起眼角，傲氣地拍了一下桌面。

「我看妳是忘記加上一個『前』勇者了吧？現在的妳，不過就只是個吃閒飯的，不是嗎？」

「我才不是！夠了，我不會被妳激怒。廢話說完了吧？那我們現在就出發吧！」

雪琳說完便想從座位上起身，帕思莉亞卻大驚失色：

「慢著，妳難道就這樣進城嗎？」

「咦？」

「難怪人家都說女人就是胸大無腦……」帕思莉亞像是很受不了似地生氣咕噥，「給我在這裡等著！」硬要雪琳坐好後，她便匆匆忙忙跑出了餐廳。

不一會兒，兔耳少女又再度回到房間。

「……這個，穿上吧。」

「我不要！」

「咦，為什麼？」

銀髮勇者抱起雙臂，對著把雙眼睜得大大的兔耳少女高聲怒吼：

「這還用問為什麼嗎，妳要我穿的都是些什麼東西啊？」

她指著放在桌上的貓耳朵跟貓尾巴，眼睛都快噴出火來。

「笨、笨蛋，妳在說什麼蠢話，要妳穿那些東西當然是有原因的！」

帕思莉亞咬著牙怒視雪琳，以一副氣結的語氣說道：

「妳以為妳等一下要去的是什麼地方啊？是第六天魔族名族們聚集的聖院！那裡到處都是獸人，妳打算以一個人類的姿態貿然進去嗎？」

「嗚呃，這個……」

「懂了吧，妳一定要做適度的偽裝，現在把那副耳朵戴上！」

「可、可是……」

「沒有可是，快點戴！」

一定要戴嗎？雪琳試圖露出抗拒的表情，但是卻不被帕思莉亞所接受。她只好不情不願地拿起做成髮夾形式的貓耳朵飾品，戴到頭上。

「感、感覺如何？」

「嗯嗯……還不知道。」

帕思莉亞摩挲下巴，上上下下地對著銀髮勇者品頭論足。

「先喵個一聲來聽聽看吧。」

「什什什什麼？」

「試試看像不像嘛！」

「……喵？」

雪琳舉起一隻手，模仿貓的動作，發出了惹人憐愛的悅耳聲音，略微低頭，視線由下往上，嬌憨的模樣讓人看了不禁心頭一緊。

哐啷！

雪琳和帕思莉亞同時轉頭，只見惠恩滿臉通紅，急忙彎腰撿拾地上的瓷盤碎片。

「呃、如、如何？」

「……」

「喂！不要不回答我啊！是說你們第六天魔族的貓耳人是真的會喵喵叫嗎？」

「……」

「這陣沉默是怎麼回事，帕思莉亞？」

「果然還是太勉強了啊。」

「混帳，妳把我當笨蛋嗎？」

「喂！動作不要那麼粗魯，要是把它弄壞了，妳可賠不起！」

眼見雪琳狐疑地挑著眉毛，露出一副「這東西哪有這麼寶貝」的態度，帕思莉亞彷佛被觸碰到了逆鱗。

「妳不要小看了這副耳朵，上面附著的魔法可以幫助妳翻譯六大天魔族的所有語言。」

「翻譯……語言？」

「當然啦，妳難道以為第六天魔族說的是跟人類一樣的語言嗎？妳之所以能和我們溝通，是因為我和惠恩大人都在用普通語配合妳。但是大部分的魔族人只會說通用在六大天魔族之間的獸人語，這些，妳是聽不懂的吧？」

雪琳皺起眉，搖了搖頭。

「妳先拿下那副耳朵試試看。」

雪琳依言取下貓耳，便聽見帕思莉亞以急促的語調說了一長串完全聽不懂的話。

「Gimini-O'neil-preus, Akila-Morakila, Mee'sha-Sherlyn, bumle, hahahaha!」

她再次戴上貓耳。

「不知道妳嘰哩咕嚕的在說些什麼。」

「哼！無法體會獸人語高雅的傢伙就是如此，不過現在也沒時間教妳了。總而言之，戴上這副耳朵就不必擔心聽不懂了。」

「我明白了……但是，妳剛剛對我說了些什麼？」

「沒什麼。」

銀髮勇者微微沉下嘴角，對兔耳少女的說詞大表懷疑。

絕對是在說我的壞話！光看她剛才那副得意忘形的模樣，就知道其中必定有詐。

雪琳嗤之以鼻地哼了一聲。

「另外，我的魔法可以把妳說的話自動轉換為獸人語。妳最好盡早適應它，一天二十四小時不管吃飯睡覺都戴著。」

「……睡覺時我會拿下來啦！」

怎麼可能一直戴著啊？

「接下來……惠恩大人，請你迴避一下。」

「咦，為什麼……啊！」

惠恩睜大了眼睛問道，但是當看見帕思莉亞拿起放在桌上的另一樣道具貓尾巴時，他全身一下子化為紅色的石頭。

「我、我現在馬上離開！」

惠恩一溜煙地消失在通道裡頭。

「現在……脫下來吧！」

「等、等等……那個要裝在哪裡？」

一陣強烈的不安全感忽然襲上心頭，雪琳臉色蒼白，連忙想要抗拒。

「可、可以不要嗎？還是說這條尾巴也有什麼神奇的功效？」

「廢話少說，先給我用！」

兔耳少女強硬地對著銀髮勇者的褲子展開進攻。

「不、不要啦……先等一下……嗚哇，那裡不可以……住手，笨蛋！」

經過一番激烈的鬥爭，被迫就範的雪琳眼角噙淚，筋疲力竭地癱坐在地板上，而那條尾巴最終也安置到了它該有的位置。

「嗚嗚……這、這種感覺好怪，帕思莉亞，我、我會恨妳一輩子！現在快點跟我說這條尾巴的功能是什麼……帕思莉亞？」

彷彿一切都是為了等待見到雪琳受苦的這一刻，帕思莉亞抬起嘴角，露出了放鬆愉快的笑容。

「喂喂！所以我說那個功用呢？」

「呼啊……被治癒了呢。」

「笨蛋，什麼被治癒了啊！妳一直都在耍我是不是？」

壓抑不住的雪琳終於忍不住爆發，撲向帕思莉亞。隨即，兔耳少女的哀號聲和勇者的怒吼，響遍了整座魔城。

「……啊，妳們終於結束了嗎，雪琳？咦，帕思莉亞呢？」

「哼！別管那個傢伙了，你都準備好了，我們就走吧！」

從餐廳裡頭走出來的時候，銀髮勇者看起來怒氣沖沖。

「發、發生什麼事了？」

「她會有好一陣子沒有辦法舒服地坐在椅子上了。」

「咦！」

雪琳臉上露出來的殘酷微笑把惠恩嚇得噤聲不語。銀髮少女就這樣心情愉快地哼著小歌。她頭頂上戴著魔城總管特製的翻譯貓耳髮夾，樣子十分地顯眼，至於另一個部位……

惠恩偷偷瞄了一眼，貓科動物的尾巴在少女圓挺的臀部下方輕輕晃盪。

「……看什麼？嗯！別看我這樣，我可是專業人士，該做的偽裝仍然得做好，所以最後還是裝上去了……不過是用我的方法。」

至於用的是什麼方法……惠恩不敢多問。

「我們這就出發吧！」

惠恩比了比門口，似乎顯得心情很好。

「雪琳小姐是……」

「叫我雪琳就好。惠恩，你不需要用這麼尊敬的語氣和態度跟我說話，照理說你算是我的雇主，不是嗎？」

「呃……確實是這樣，但是……」

「那麼至少，也該用相同平等的方式對待我，就像朋友那樣，可以嗎？」

「當、當然可以，那麼……」

惠恩恢復了驚訝的心情，清了清嗓門。

「雪琳是第一次去我們的魔城吧？」

「嗯，沒錯。」

雪琳點了點頭，穿越魔境的旅程中，為了避人耳目，基本上都是在荒郊野外行動。

「這樣啊……其實我也有好一陣子沒回去了呢！」

如此期待，一提起母族的城市，藍髮少年的臉上便煥發出光彩，連語氣都不自覺地輕快起來。

「第六天魔城裡有很多有趣的事物，有機會的話可以一一向妳介紹。」興高采烈的惠恩，卻沒察覺到身旁的少女彷彿未受到自己感染，不自覺地垂下眼簾。

故、故鄉嗎？

……不知不覺間，自己距離雪山也已經很遙遠了。

日光穿透樹葉隙縫，在小路上拓出破碎的白帛，兩人並肩而行，林間光影變化萬千，氣溫舒適宜人。不久後，當他們走出密林，視野豁然開朗，風一吹來，兩側的農田大片翻滾著麥浪，陽光毫不猶豫地照射著他們，就像一個烘熱的火爐，兩人汗水涔涔。

時序緩步遞移，日正中天。

巨大的城牆忽然插入視野。

小路橫斜插入了大道，寬度大概能同時讓八輛雙頭馬車同時並排行駛，路面十分平坦。眾多載滿貨物的篷車、小貨車、驢車……還有肩挑貨品的商人排成一列長龍，等待進入城市。

不過，兩手空空僅是為了購物而來的兩人，沒受到什麼攔阻便順利通過了關稅站。哨所前堆得像小山一樣的貨物令官員們忙得焦頭爛額，沒時間對像他們這樣的散客仔細檢查盤問。

「好大！」

甫通過厚實的城牆，繼而出現在眼前的是條廣闊的大街，繁華程度難以想像。人群摩肩擦踵擠過身側，不時還有載客或是載貨的馬車和行人們上演一場路權搶奪大戰。五顏六色的商店旗幟讓人看得眼花撩亂，來自四面八方的吆喝爭吵，則像是永遠不會停歇下來似地，不停炒熱氣氛。

「嗚，嗚哇，好多人！」

「是吧……歡迎來到第六天魔城。」

惠恩微笑著說。

雪琳按住暈眩的腦袋，切身地感受到自己來到一個不容小覷的地方。

真不愧是七族大陸上最大的城市，其規模完全不是北之國的都市可以相比，即使是人類著名的都城尚坦風尼亞、北岩之星也望塵莫及。

街上販售著各種珍稀商品，有的是雪琳曾見過的，但大多卻是她連名字也喊不出來。充滿南國風情的攤販排列在道路中央或兩旁，數也數不清，每間商鋪裡都有人忙著和顧客講價，人潮絡繹不絕。

「哎呀！那邊那位可愛的貓耳姑娘，快來看看，這麼漂亮的耳環只適合妳呀！」

甚至還有人一瞥見雪琳，便迫不及待地湊上前來想要向她推銷東西。

叫賣聲此起彼落，不絕於耳。

「來喔！新鮮的桑米古魚，一條只要一賽莉耳！」

「第三天魔族手工冰晶項鍊，寒冰附魔現在只賣妳十五賽莉耳，現在不買就是不識貨喔！」

「我們家的兔肉鍋是全大陸最好吃的，現在來吃還送妳小菜！」

敞篷中菜餚香氣撲鼻，站在門口的店員們對著過往的行人賣力招手，臉上洋溢著活力氣息。

受到那些婦人的微笑所感染，看起來像是工人的大叔們露出了黃黃的牙齒，步伐豪邁地走進店內；而年紀輕輕的少年則是在被婦人們高喊「帥哥」時，害羞地抽動著腦袋上的獸耳朵。

真的好熱鬧。

過往行人與商家歡聲笑語的景象使雪琳無法移開視線。

「唔……這、這……要是也能讓奶奶跟小伊看到……」

「咦？」

「啊！沒事，我只是想不到居然會在魔族的領地裡看到這樣的景象。大家都充滿活力地做著買賣，遇到快樂的事就大笑出來……簡直，簡直……」

……簡直跟人類沒什麼兩樣。

雪琳想說卻說不出口，同時瞇起了眼。

臉上的線條在不知不覺間漸趨柔和，某種筆墨難以形容的情感正自心底悄悄湧升。眼前的魔族，雖然形貌、外觀都和人類大不相同，可是他們身上呈現出來的氛圍，卻令她想起故鄉的村鎮。

北國的人族所擁有著的歡笑哭泣與千般情感，魔族人亦有之。

過去的她，從來不曾想像到這些事情。

「嗯，難不成雪琳以為第六天魔族統統都像在戰場上那樣凶惡嗎？其實不是的。」

惠恩微微一笑，開始解說：

「第六天魔族分為好幾個不同的層級，最頂端是王族，接下去則是歷史悠久又具有魔法力量的名族，然後才是擔負起各行各業的平民……又因為持續了數百年的戰爭，後來誕生了肉體強壯的戰士。雪琳，妳現在看見的都是第六天魔族最普通的老百姓喔！」

「原來如此。」雪琳恍然大悟。

環視著眼前朝氣蓬勃的大街，惠恩同樣深受感動般地放慢了語氣：

「或許，人類和第六天魔族其實很相似也說不一定呢，我想大家一定都是同樣喜愛和平，而且認真過著日子吧！」

「……惠、惠恩？」

像被電到似地，雪琳舉目凝視著少年。

居然說人類和魔族「很相像」？如此離經叛道的言論，而且還是從一名「魔王」的口中說出——若是在人類的王國，發表這種看法的傢伙一定會馬上被抓上火刑架！

「抱、抱歉……」

猝然警覺，惠恩自己也嚇了一跳。

堂堂的魔王左右張望，露出一副深怕被統治者抓去殺頭的心虛模樣。

「我、我們好像不該說這個的……對了，換個話題，雪琳肚子餓了嗎？」

「咦？沒有啊，你為什麼這麼問？」

「我看妳一直猛盯著攤子上的東西不放，想說妳是不是想吃……」

惠恩指了指路旁的水果攤——一股不斷飄來的香味，彷彿具有魔性般，正勾惑著銀髮勇者非常敏感的嗅覺神經。可是，那種長滿鱗片、看起來不知道該如何入口的鎧之水果究竟怎麼吃才好？——不對吧！現在不是考慮那種事的時候！

「才、才沒有那回事！」

雪琳趕緊用力擦掉嘴角邊流出來的口水，兩手扠腰故作鎮定地駁斥：

「你別忘了，我、我可是勇者喔，在戰場上即使一、兩天不進食也不要緊，才不可能被那種東西迷惑呢！」

地方。

「是、是！」

銀髮少女渾身所散發出來的驚人氣勢，將惠恩震懾得倒退了好幾步，連連點頭。

「我、我們還是趕快去找、找那什麼元老院，完成任務然後回魔城吧！」

雪琳咬牙，悲痛地割捨了吃水果的欲望，拉住惠恩的手飛也似地逃離了這個可怕的

「唔、唔喔！這、這裡是……」

兩側巨大的石柱雕刻著英姿凜凜的獸人形貌，雄糾糾地戍守著氣勢雄偉的大門，巨石構築的白色磚牆在陽光下熠熠發亮。

「這就是獸人族的元老院了，也是我們此行的目的地。」

「是、是嗎……想不到是這麼宏偉的建築啊！」

——非得形容的話，雪琳覺得這一定就是「皇宮」。遠比真正魔王所居住的魔城更加恢宏，令她驚嘆連連，無法移開目光，連一路走來的疲憊，都被拋在腦後了。

他們所在的位置是內城區，周圍景色和早前繁華市場所在的外城截然不同。

首先建築物的風格便大相逕庭，在此看不見遍布外側區域的平房與棚屋，青石大道兩側是採用亮色系磚瓦構築的獨棟別墅，建材豪美奢華不說，造型同樣雅緻講究，街道

也更為整潔。

在行人的衣著上，由於低緯度的炎熱氣候使然，獸人偏好穿著稀少、輕薄的衣裝，如果是男性會穿袒胸背心和長褲，女性雖然有長短褲不同的選擇，但多半大方露出手臂和小蠻腰，總之無論男女，共同特點就是裸露大片的肌膚——看得銀髮少女的雙頰通紅發燙，頭頂就像水壺一樣燒開，冒出蒸氣……好幾次都在腦袋即將要爆炸的前一刻，及時被惠恩阻止。

不過現在，在兩人面前走動的紳士貴婦們大多穿著鮮豔絲綢織品，舉止從容不迫，無憂無慮地站在樹蔭下閒談，與幾條街區之外的嘈雜紛嚷相比，彷彿是另一個世界。

少年熟練地引領雪琳進入建築。

通過正面敞開的大門，首先映入眼簾的是一處寬廣的圓形大廳，各處有許多忙著清潔打掃的女僕，一旁還有趁機想和她們搭訕的衛兵。天花板上懸吊著魔法光源，內部雖然有些陰暗卻十分涼爽。

「呼啊……總算得救了。」

和外面簡直是天壤之別，雪琳舉起包覆皮甲的手臂抹汗一邊說。

「哇，惠恩你看，牆壁上裝飾著許多壁畫耶？」

「是啊，因為第六天魔族是個熱愛藝術的種族嘛。」

「哈哈……要不是親眼目睹你們的日常生活方式，這種話我可能一輩子都不會相信吧！」

雪琳揚起嘴角然後搖了搖頭。這一路上，她見識到許多第六天魔族運用的先進技術——鋪路石居然可以做得像豆腐般平整、設置於大型路段的魔石燈夜間照明、以及完整的下水道系統……無怪乎可以支撐起如此巨大的城市，雪琳對他們大大地改觀。

還有街頭的小吃……

「咦，雪琳，怎麼了嗎？」

「欸、沒、沒事……什麼都沒有！」口水又差點流出來了，呼呼！

「這樣啊，沒事就好。」

兩人以輕鬆愉快的氣氛走向中央甬道，卻在試圖和衛兵交涉時遇到了阻礙。

「站住，閒雜人等休想擅闖神聖的元老議會！」

就在即將踏進走廊的前一刻，負責把守通道的衛兵毫不客氣地朝他們豎起鉾槍，銳利的矛尖把惠恩嚇了一跳。

「喂，你給我小心一點！」

「嗚呃呃——雪琳，請不要衝動！」

雪琳豎起眉毛，一副想猛撲上前的樣子，惠恩連忙伸臂到她胸前阻止，勉強避去了雙方間的衝突，按捺住情緒對著衛兵說：

「衛兵大人，拜、拜託你通知元老議會，就說是惠恩造訪。」

「管你是什麼恩……看你這副樣子，也不知道是打哪來的死老百姓，這裡可不是讓你們這種人自由來去的地方，快給我滾！」

衛兵凶惡地挑起眉毛，二話不說抬起沉重矛槍刺向惠恩。

完全無法做出反應，對方臉上的神情就像是要刺死一隻蟲子般輕蔑不堪，但是——

「咦，呃、呃啊！」

原本應該毫無阻礙的矛戟並未就此貫穿少年身體，就在電光石火之際，只見一旁的銀髮貓耳少女舉手朝著杆部輕輕一拍，鉾槍立刻失去平衡——噗地一聲插入地面。

「你啊……這可不是玩具！」

衛兵驚愕得嘴巴大開，下一瞬間，少女抓起他的領口，然後輕而易舉地把他摔了出去。

「哇呀呀呀——」

淒厲的悲鳴聲響起，肥大的身軀浮空——砰！衛兵頭下腳上地撞上了走廊的牆壁，天搖地動的廳堂頂上紛紛掉落沙塵。

「嗚哇啊啊啊——殺人啦！」

「救命啊，有人闖入元老院行凶！」

——接下來，大廳陷入一片騷動，女傭扔下抹布、掃把，倉皇尖叫四散，衛兵們則是接二連三地拔出了刀劍。

「喔，想要打架嗎？好啊！一起上也才不會膩……」

宛如雀躍的孩童，雪琳露齒亮出好戰的笑容，興致勃勃地拉起袖口。

「雪琳！」惠恩悲痛地喊著，「妳這樣只會害事情越來越複雜啊！」

「複什麼雜啊，他們可是想要你的命耶！有空說這些廢話，還不如趕快阻止他們！」

雪琳好像很不高興被惠恩責難。魔王慌張地揮動起雙手。

「大、大家，請快住手？你們不認得我了嗎？」

「元老議會有令，擅闖議院者格殺勿論！」

「……糟糕了，他們看起來好像不想聽人說話的樣子啊！我們只能快點找到族長們，拜託他們把狀況解釋清楚了。」

「嗤！不讓我把他們全都打飛嗎？算了……」雪琳點了點頭。

「到我身後去！」

「咦？」

雪琳咬牙「嘖」了一聲，及時推開惠恩。

嗖——銳利的軍刀劃過他原先所處的位置。雪琳算準時機，朝目露凶光的對手狠狠一撞。

「呃啊！」對方發出清脆的骨折聲響，身軀軟綿綿地倒了下去，雪琳順手搶過他的武器，「哦，是把好刀！」她一面讚嘆一面回身舞動新得到的利刃——匡！剛好架住迎頭砍來的戰戟。

不愧是訓練有素的精兵，此時原本四散在大廳周圍的衛兵們已經用最快的速度集結，形成了一圈綿密的包圍網。

「……趁現在，快跑！」

雪琳縱身前跳，手中利刃一個大橫掃逼退眾多對手，轉頭和惠恩一起逃進了甬道。

「哇啊啊啊！」

「抓住他們……不，殺了他們！」

背後一大群獸人士兵氣急敗壞地追著，長廊中不斷迴盪著令人頭皮發麻的怒吼。

「看招！」

雪琳不時回頭揮刀驅退對手。幸虧在這種狹窄的空間內，像弓箭之類的遠程兵器無法自由使用，而過長的戰戟也只剩下戳刺這種進攻手段，讓她應付起來不至於太過困難。

「哇！哇啊，雪……」

可是，就在這時候，惠恩不小心摔了一跤，痛得抬起頭，求救似地望向銀髮少女。勇者踢開一名不要命地猛撲上來的敵人，閃電般跳到他身旁。

「可惡，別在這個時候給我製造麻煩啊！」

「嗚呃呃！對不起！」

雪琳一把拎起惠恩，扛在肩上展開衝刺。

「哇啊啊——雪琳小姐，請別跑那麼快……更正，是跑快一點哦哦哦！」

好幾次，衛兵們猛刺過來的戰戟都快要刺中他的鼻子了，幸虧還差了那麼一點點距離。望著在眼前晃啊晃的戟槍頭，惠恩嚇得三魂七魄都去了一大半，臉色蒼白地拚命大喊。

「救命呀——」

「安靜一點，笨蛋，難道你想被刺成肉串嗎？話說回來，元老議會到底在哪裡啊？」

「印、印象中應該在前面。」

「好吧，那我要加快速度了……嘖！該死！」

「咦？」

「前面……也有敵人！」

十字路口的交會處竟也閃出了全副武裝的士兵，架起了盾牌與軍刀試圖阻擋兩人，但這種時候已經不可能放慢腳步……

「咬緊牙關！」

惠恩依照雪琳的指示，衝著眼前已經擺好架式的對手，銀髮少女完全不打算減緩速度——

「喝啊！」

「哦哦哦哦哦哦——」

身軀即將撞上銳利的刀尖，雪琳足尖一點，下一秒，整個人跳離了地面——就像隻羚羊輕盈地躍上半空，一個前空翻，越過了攔截者們的頭頂。

「咦！」

獸人士兵目瞪口呆，眼巴巴地看著銀髮少女從正上方穿越包圍。

她一落地便立即拋出惠恩，同時轉身衝向對手急速左右開弓，砰砰兩拳把尚未反應過來的衛兵接連打飛。

慘叫著在半空中手腳亂踢的衛兵變作人形的鐵球，撞上了自後方趕來的同伴們，隊伍一下子慘遭難以東山再起的巨大失敗，「呃啊啊啊啊——」被撞得東倒西歪。

「很好，這樣一來就……咦？」

然而此時，終於趕來的增援部隊卻在少女眼前一一散開。銀髮勇者的腦袋還未能判斷清楚狀況，甬道裡還站著的那些人朝她直直伸出了手臂。

「八步詠唱・燄擊！」

「糟了！」

黑暗中驟然迸出一道閃光，少女的額間滲出汗水，立刻全力衝向敵人——然而早已失去了最佳時機，只能眼睜睜看著強光映照在瞳孔中並逐漸放大。

「嗚啊——」

不甘、絕望的怒吼伴隨著痛苦的哀號聲，響徹了整座甬道。

另一方面。

「呃啊，痛痛痛痛……」

被雪琳粗魯扔出去的惠恩則在地上連續滾了好幾圈……直到後背咚地一聲撞上某樣堅固的物體。

那是一扇門。

禁不起惠恩充滿加速度的衝擊，原本關上的門板應聲打開，惠恩骨碌碌地滾進房間，大字形躺在地板上，無數道訝異的視線立刻集中到自己身上。

「這不是……」

「……惠恩陛下嗎？」

房間裡的獸人各自睜大眼，彷彿惠恩的出現完全在他們的意料之外。

呀啊！骨頭都快散了……藍髮少年頭昏眼花，好不容易才恢復並且爬了起來，眨了眨眼睛，環顧場內一圈，忍不住發出驚叫。

「各位大人……您們怎麼都在這？」

原來惠恩竟然誤打誤撞地進入了名族們開會的場所。

大老們面面相覷。一邊是華服麗冠的族長們，另一邊則是衣著樸素的魔王，雙方沉默地對峙著，彷彿不知道該由誰先開口。

「惠恩陛下，那、那個，您怎麼會到這裡來？」

「咦，今天不是既定的報告日嗎？」

「這、這……我們以為只是走走形式罷了，沒想到您會親自前來，平常不都是帕思莉亞代替您過來的嗎？」

站在主席臺上發言的族長看起來有些慌張。就在這時——

「放、放開我！」

「雪琳？」

惠恩詫異地回頭，眼前是銀髮少女被一大群獸人士兵架住進入議事廳。手中武器已被卸下，看起來最後仍是寡不敵眾。

兩、三名獸人一起牢牢扣住她的雙臂，還有一個人負責壓著她的腦袋，即使如此雪琳依舊不停地反抗，於是衛兵們只好用更加粗魯的方式對待她。

「快住手！」

惠恩著急地喊道，但是沒有人聽他的命令。

「這……」

惠恩慌了。

「放開她。」

一道短促卻又充滿魄力的聲音倏然響起，衛兵們雖然一臉訝異，但隨即遵照命令放開了雪琳。

雪琳生氣地掙脫衛兵們的糾纏，快步走到惠恩身邊。

「雪琳，妳沒事吧？」

「嗯！我還好。只是他們太卑鄙了，居然躲在暗處偷襲我。」

雪琳撢撢衣袖，一副心有未甘。

兩人循聲望去，方才發話的是一名階梯式議席上的獸人男子。

即使位列在眾多名族大老之間，他的存在感依舊格外強烈，使人第一眼就被他吸引。一雙腳大刺刺地放在桌上，還穿著與周圍大相逕庭的衣著，那並非銅臭庸俗的綢緞奢侈品，而是……軍服？

男子略低著頭，兩手交扣放在肚子上，一副悠然的模樣，彷彿現場騷動對他而言絲毫不造成影響。

「吵吵鬧鬧的，到底把這裡當作什麼地方啊？」

但是他的行為或許更讓人想問「你才是把這裡當作什麼地方了？」，任何人看了都會搖頭哭笑不得吧？男子好像才剛剛睡醒，打了一個慵懶的呵欠。

「現在都什麼時候了？」

「那、那個，奈恩將軍，我們還在討論……」

「讓我等了這麼久會議卻沒有任何進展，你們的效率也真是慢。」

他稍微挺起身軀，悠悠哉哉地讓屁股離開椅子。

「咦，等等，奈恩將軍，您要去哪裡，不是還沒有討論完嗎？」

「討論再多也不會有什麼結果，我才不會答應那種荒唐的條件！」

面對慌慌張張地湊上前來的名族，奈恩揮一揮手以厭煩的語氣回應。

「我要回去了。」

「請等……哇啊！」

圍繞在奈恩身旁的名族爆出了好大一陣驚叫，只聽見砰一聲，人們一個個骨牌似地在階梯間滾倒——狼狽的慘叫聲此起彼落，某樣東西倏然膨起，室內隨之黯淡下來……原來是一道充滿氣勢的黑影躍上半空，遮住了眾人頭頂上的光源。

黑影「咻」地落到兩人面前，寬大的斗篷輕飄飄的，掀起一陣清風。

優雅而輕盈的身姿，猶如一隻展翅的大鳥，快得連雪琳都來不及反應。

名喚奈恩的男子……直至此刻她才看清楚對方的容顏，吸引人視線的金色長髮微微遮住英俊的臉龐、五官筆挺、嘴角微微挑起游刃有餘的笑意，而最令人在意的則是那雙眼睛一直都是緊閉著的。

「奈恩將軍？」

「這個聲音，是惠恩陛下嗎……嗯，還有一個人是……」

察覺到少女的存在，奈恩輕輕別過側臉……

「咦！」

這一瞬間，銀髮勇者渾身一震。

這人……很強！

腦袋裡頭嗡嗡作響，全身毛孔悉數張開，後頸在不知不覺間汩汩流汗，猶如被一股猛虎般的強大氣息舔舐。

儘管奈恩始終沒有睜開眼，她卻覺得自己好像早已被對方看透。

「……是女士嗎？哈！非常榮幸『見』到你們。」

不過，對方似乎一下子就對她失了興趣，欠身微微行禮，輕描淡寫的態度有如在和鄰居打招呼般隨興——卻教人不敢忽視。

那聲音之中隱藏著一股力量，提醒著聽者他不容小覷的存在。

「好、好久不見了，奈恩將軍，您怎麼會在這裡？」

「哈哈哈哈，你別這麼緊張嘛，放輕鬆，我又不會吃了你。」

「不……怎、怎敢，您可是我族的名人。」

「哎喲！別這麼說，雖然我是名人，但你可是魔王啊！來，我給你捏捏肩膀——」

怎麼可能讓他替自己捏肩膀啊？惠恩嚇得慌忙閃躲。

雖然被拒絕了，可是奈恩似乎一點也不在意，始終一副愉快的樣子。

「其實也不是什麼大不了的事——名族們打算開發魔城裡的土地，拜託我說服軍隊無償當他們的苦力。我叫他們別做白日夢了。」

隨口而說的態度，像是不怎麼把名族放在眼裡，就像他那件揉得皺巴巴的軍服，看起來很隨興。

不過，聽到這件事的惠恩顯得更為驚訝了：

「您、您說什麼……開發？」

「是啊，詳細情形你自己去問他們吧，我可是一點興趣也沒有……睡得正舒服的時候被人吵醒，我可要回家補眠了。」

「對、對不起。」

惠恩滿臉通紅地低著頭，奈恩則是親暱地拍了拍他的肩膀。

「我原諒你，不必跟我客氣——話說回來，你怎麼會在這？」

「欸，這個……」

「我聽說第六天魔王的權力不是全都轉交名族了嗎？」

「雖、雖然如此，奈恩將軍，可是議會還是有定期向我報告的義務……」

「噗哧，你說義務？……呵哈！這群老傢伙連最重要的事都不通知你，還期望他們會坦承什麼呢，惠恩陛下？」

因為語氣太過平淡而讓人無法察覺，惠恩在發現到對方是在侮辱自己時，甚至錯過了發怒的時機。

「魔王啊魔王，連區區幾名衛兵都無法使喚得了，現在甚至連名族都想要騎到你頭上來，我看你已經變成空有名銜卻一無是處的統治者了呢！」

「呃……」

朝著因驚訝而無話可說的少年，盲眼將軍乾脆揚起嘲諷的笑容。

「若是先王看見你這副模樣會有多失望呢，惠恩……我很懷疑你是否真的有能力帶領這個國家。」

「那個……我……」

「喂！」

突然一道憤怒的聲音插進了對話。

「你是什麼人，為什麼一開口就這麼沒禮貌啊？你是有多了解惠恩，憑什麼在那裡說三道四？」

被打斷的奈恩驚訝地挑起眉毛，轉頭面向氣勢洶洶的銀髮少女。

「咦，我有聽錯嗎？想不到魔族中居然還有人敢當面指責我。小姑娘，難道妳不知道我是誰？」

「誰理你。」

「……有意思。」

奈恩像是料想不到對方有此反應，他默不作聲，登時散發出一股強大的壓迫氣場，無形的寒風一波波掃向雪琳。

微微穩住了後腳跟，她依舊怒目而視，儘管從外表上看不出來，內心早已緊繃如同拉到最滿的弓弦。

循著戰士的本能，雪琳的手慢慢地移向腰間。那裡是繫劍的位置，然而……

「啊！」

她的手撲空了——她忘記了，自己根本沒有佩劍！

剎那間臉色蒼白，氣息也完全渙散，身體猶如被電流通過般產生了輕微的顫抖……縱然那只是微不足道的破綻，然而對交手中的戰士而言絕對是個致命失誤。就在少女以為自己要被擊潰時，卻聽見了對方揚起了大笑。

「哈哈哈哈……妳不要緊張，我可不是在欺負他。」

先下一城！彷彿對贏得這小小勝利而感到欣喜的奈恩放鬆了先前施加的所有壓力，露出頑皮的表情。

他不慌不忙地告訴雪琳：

「我想妳誤會了，身為先王座下『三幻聖』僅存的最後一人，我比任何人都關心魔王的狀況。我只是擔心惠恩陛下如果做了超出自己能力的事，會覺得很辛苦，不是嗎？」

「謝謝您的關心，我會努力不辜負所有人的期待。」

惠恩誠惶誠恐地點著頭。不知道是否真的感受到了惠恩的誠意，盲眼將軍彎起眉毛，興味盎然地掀起了嘴角。

「你是說真的嗎……那可是讓我萬分期待啊！太有意思了，我倒是想看看被元老議會架空剝奪地位的魔王，究竟要怎樣扭轉這個局面呢？還有妳這敢頂撞我的少女，也很有意思……哈哈哈……再見啦！」

奈恩開心地大笑著，手插口袋，踏著灑脫的腳步離開了房間。

兩人目送奈恩消失在走廊另一頭，惠恩隨即快步走向議事臺。

「族長大人，可以請您解釋一下開發計畫究竟是什麼嗎？」

「咦，難道奈恩將軍已經完全告訴您了嗎？」

乍聞這突來的問句，主席的表情顯得非常訝異。

「這可真是……好吧，既然如此，我就實話實說吧！因為戰後我國的經濟正迅速恢復活力，貿易需求量大增的情況下，元老議會決定開發更多的商業用地……」

主席用手比著攤在桌上的地圖向兩人說明：「從這一帶到這一帶，這些重新開發過後的區域可以用來蓋更多商店和建築。」

然而，聽到主席的發言後，議席上似乎傳出了不同的聲音：「喂！請不要隨便就把這件事說成是元老議會的決定，在這之前你根本就不曾徵詢過我們家族的意見吧？」

「就是說啊，這只不過是你們兩、三個家族先串通好，才聯手想強迫議會通過吧？」

看樣子這群人似乎是和主席持相反意見，而議席另一側的名族們則也不甘示弱。

「這明明就對大家都是好事，為什麼總是有人不願合群呢？」

「別笑掉我的大牙了，真正得益的不就只是你們這群先把預定土地占為己有的家族嗎？要是真的想讓所有人滿意就重新分配。」

「憑什麼要我們拱手讓利啊？別因為自己的無能阻礙了社會進步。」

「啥？你說啥，混小子，給我過來，看老子如何教訓你！」

「怎麼不是你過來啊，欠缺眼光的蠢蛋就該乖乖閉嘴！」

雙方你來我往，彼此叫囂互不相讓，只差沒有揮拳相向和互丟水杯了——議事廳內亂成一團，主席露出困擾的表情閉起一隻眼，掏了掏耳朵。

「咳咳，就是這樣，大家沒有共識……讓我很困擾。本來我是希望能讓軍人們支援開發的勞動，這樣元老議會就不必出錢……而且您看，不必打仗之後，那些米蟲就沒什麼用處了吧？剛好讓他們有事可做。」

「哎呀！這真是個好點子，剛好可以讓那群粗魯人對社會有所貢獻。」

「咦，這樣一來我們也能夠減低成本……嘿嘿，可行，絕對可行！」

「是吧？這麼說大家也可以接受了吧？」

彷彿隨口說出的提案竟意外地獲得了眾人支持，主席一副覺得自己想出了一個好點子般沾沾自喜起來。

「這是……」

惠恩緊鎖眉頭望著地圖上畫得到處都是的紅色圈圈，沒過多久，凝重的表情漸漸轉變為詫異，似乎發現了什麼。

「您們預計開發的區域……不是貧民窟嗎？」

藍髮魔王抬起頭，神色緊張地問說：

「這、這麼重大的事為什麼不先找我討論？而且，要是真的實施了這樣的計畫，豈不是有很多人會流離失所？那些人又該怎麼辦？有先徵詢過他們的意見嗎？」

「怎麼辦？」

面對惠恩的疑問，兩邊的名族竟同時露出吃驚神情。

「那些傢伙應該要自己想辦法，和我們有什麼關係？」

「這是為了魔城整體的利益，他們應該可以理解吧？」

「要不是他們自己好吃懶做，又怎麼會淪落到貧民窟，只能說是自作自受，不是嗎？」

「與其待在那種髒亂的環境，還不如趁此機會去住更好一點的地方，這是為了他們著想！」

簡直是異口同聲。

「對了，我們可以雇用他們參與開發，這樣他們就有工作了啊！」甚至還有人如此提議，立刻獲得大家熱烈的贊同。

「各、各位會不會把事情想得太簡單了？」

聽完了眾多名族意見的惠恩差點沒昏倒。

「貧民窟是下階層人們世世代代的居所，那麼多人原本當成是家的地方……被各位這樣大筆一劃，最後可能連一磚一瓦都沒有了呀！難道元老議會不能再三思嗎？」

躊躇了幾秒，惠恩一咬牙，用力地往桌子上「砰」地一拍。

「在、在各位拿出更好的解決辦法前，恕我無法准許這件事！」

這就是他使盡全力所能做出的最具嚇阻力的表情，惠恩後腦勺暗自流汗，期待著名族們會稍微被嚇到……然而接下來主席的回答卻令他訝異不已。

「……是這樣的啊，好吧，陛下的意見，元老議會會認真地當作參考的。」

「您說什麼？」

當作參考的意思……反過來不就是指根本不會遵從嗎？在張口結舌的惠恩面前，睫細雙眼的族長看上去不只是有些冷淡了。

「陛下您可別忘了，您已經將執政的權力完完全全交給了我們，現在如果是議會所做的決定，您毫無置喙餘地。」

「咦？」

「這在當初您要求元老議會支持撤軍時就談好了吧？所以是相當公平的交易。」

「這……我的確是這麼說過，但前提是名族們必須為人民的福祉著想，帶領族人們更加繁榮發展，不是嗎？」

「確實是如此，啊！不過，您是不是想錯了？元老議會可不是一群自私自利的存在，我們一直都在試著幫助人民過上更好的生活……只不過什麼樣才叫做『好』，卻是由我們定義的。」

主席狡猾地說道。

「你、你們……」

氣勢完全潰散，難以言喻的衝擊貫穿了少年，使他的身體不禁搖晃起來。是錯覺嗎？議席上的眾人嘴臉彷彿變作垂涎於豐美利益肉汁的土狼，吐出鮮紅的舌信。

「好了，請無須顧慮，惠恩陛下，放心地把開發的事情交給我們，元老議會一定會好好商討出結果，順利把它完成。」

「不，請等一下……」

「衛兵，送惠恩陛下離開！」

在主席的命令下，在旁的衛兵立刻上前把他們架開。

「等、等一等……啊！」

惠恩還想抗辯，卻沒有這樣的機會了，兩人就這樣被架著踢出了大門。

「哇啊——」

慘叫聲響起，兩道黑影從議會門口劃出弧線，重重摔落碧綠青翠的草坪。

摸著還有些疼痛的尾椎，惠恩將腦袋從泥土地面拔了出來，衣服四處沾滿了泥土還有一些雜草的汁液，模樣非常狼狽。

「喂！你們這些個混蛋，居然這樣子對待我們？」

雪琳早已從另一側起身，吊起眼角，衝向議院的大門，然而面對緊閉的門扉，再怎麼生氣都是徒勞。

就在兩人被趕出來的下一秒，大門也「轟」地一聲在背後關上，就像在羞辱似地斷絕了他們重回內部的可能。

「……雪琳，還是住手吧。」

「可、可是！」

「看這個狀況，是很難再進得去了。」

雪琳只好放下手臂，不甘心地跺了跺腳。惠恩搖了搖頭——他現在的心情恐怕一點也不比銀髮少女冷靜，可是，再生氣又能怎麼樣？建築物裡頭配置了很多士兵，加上經過剛剛那場騷動，恐怕他們現在會更加強化戒備，要是再闖進去，就算他的身分特殊，說不定也難以全身而退。

身為魔王，居然……被藐視到這種程度。

惠恩實在想哭。

「我們先離開這裡吧！」

「咦？你打算就這樣放棄嗎？」

「我們連讓對方開門都辦不到。再說就算再回去了，名族們也未必願意繼續聽我說話……唉！」

惠恩重重地嘆了口氣，惋惜地看了議院最後一眼，然後轉身。

「你完完全全被瞧不起了耶，惠恩。」

離開的路上，雪琳邊走邊為他打抱不平。

「再怎麼說，你也是一族之王，怎麼可以任由那些傢伙如此無禮？」

「唔……可是，這也是沒有辦法的事啊……」

惠恩垂頭喪氣地搖了搖頭。

「我本來只是生長於貧民窟的平凡小孩，有一天忽然被告知是魔王的後裔，莫名其妙就被帶進城裡，根本就沒有實力和背景。」

空有魔王的虛銜，卻連任何一支軍隊、任何一派名族都指揮不了，宛如傀儡般受人擺弄的存在。

於是從進宮那天開始，讓人無法想像、和故事書裡所述說的隨心所欲完全相反的魔王生活，就成了揮之不去的夢魘——忍耐、吃苦、看著別人的臉色、忍耐……換了一個地方，又是忍耐、吃苦、看著別人的臉色……

至今想起來仍會隱隱刺痛。

惠恩不會告訴別人自己是花了多少代價才擺脫那樣的日子。

「原本說好只要將統治的權力移轉給元老議會，他們便會帶領這個國家走向繁榮進步，想不到他們不好好為了人民著想，還策劃了這麼可怕的事。」

惠恩露出了懊悔的神情。

「我不該相信他們的。」

「既然如此，那麼就展露你的力量給他們看吧！」

「欸？」

惠恩驚訝睜大雙眼。

「但、但是我……那個，反抗元老議會？我、我辦不……」

「我啊……雖然對政治什麼的一竅不通，但如果是在軍隊裡，所有戰士都必須遵從指揮官的領導。」

雪琳看著身旁的少年，口氣就像是在述說一件再簡單不過的道理。

「如果想讓別人服從你，最重要的是獲得所有人的尊敬，為此你必須要有力量，也要有意志。」

「……我不希望光用力量強迫別人屈服。」

「那就是你太溫柔的地方了。」

雪琳皺著眉斥責道。

「太溫柔也太天真，哪有不須付出代價就能打贏的仗？如果顧慮這麼多，根本無法下定決心。惠恩，重點是你到底想怎麼做？」

「我……」

被那樣凌厲、真摯、澄澈的眼眸注視，惠恩竟然無言以對，此時他才忽然驚覺自己從來沒認真思考過這個問題。

——到底想怎麼做？過去的他就只是在不斷逃避。

不敢忤逆名族，把問題丟給別人，找了很多藉口，從皇宮逃到行宮……步步退讓的結果，讓現在的元老議會更加得寸進尺。

當然……這一次他也可以。

但是這樣真的好嗎？

再不反抗，就讓他們把自己的家……自己的根源直接拔起，這樣也可以接受嗎？

很快地，他的眼神不再存有迷惘。

「不管怎麼樣，我都不會讓名族毀了貧民窟。」

比起「魔城」，那裡才是他真正可以稱之為「歸屬」之處，絕不容許被任意破壞。

他咬緊牙關道：「我一定要阻止這件事！」

「非常好！作戰時最重要的就是果決，千萬不要想東想西。既然你是名正言順的魔王，當然有統治國家的權力。」

滿意地瞄了惠恩一眼，銀髮少女突然噗嗤一聲笑了出來。

「……只不過，到時候說不定你就會變成我的敵人了呢！」

畢竟我可是為了除掉魔王而存在的勇者啊！雪琳露出有些惡狠狠的笑容，搥了惠恩的肩膀一拳。這一笑使得藍髮少年剛興起的激昂情緒完全破功，急忙連聲保證自己就算成了魔王也不會與人類為敵。

「好啦好啦！我明白。」

「我、我是說真的，雪琳！」

雪琳嘻嘻笑著向前走，少年魔王則是在一旁努力地解釋。

過不了多久，眼前就出現了小路的盡頭。

踏著漸轉深沉的暮色，兩人終於回到了魔城的玄關。

「累了一天，雪琳的肚子應該也餓了，待會我就立刻做晚飯吧！」

「嗯。」

雖然嘴上裝得若無其事，雪琳心裡面卻在瘋狂叫好——讓雇主做飯給員工吃是有點奇怪，但是惠恩的手藝確實牢牢抓住了她的胃。

啊啊！供應三餐真的是這件工作最有魅力的地方了！

雪琳站在後方極力克制著自己的口水，惠恩則是伸手去開門。

就在門板打開的瞬間……

「小心！」

幸好雪琳及時扯住惠恩的後頸，兩人在間不容髮之際躲到門扉後面。

滾滾怒濤從城堡中噴薄而出，宛如脫韁的野馬，沖進下方的庭園，轟刷刷刷——

一陣驚濤駭浪過後，水流消失得無影無蹤。

「發、發生什麼事了？」

兩人對這突來的場面無法反應，嚇得臉色發白。

門後方傳來了狼狽又虛弱的聲音。

「是、是惠恩大人嗎？」

「帕思莉亞！」

「惠恩大人，帕思莉亞很努力！帕思莉亞沒有辱沒總管的名號，我成功完成了獨力洗好所有碗盤的任務……雖然地板有點濕，但、但是我再一下下就能把地板拖乾了……炎龍術！」

「不不不不不——千萬不要啊！帕思莉亞！」

惠恩慘叫著衝進了長廊。

Unemployed Heroine and Devil's Guard

ch.3 黑夜，魔王房間的入侵者！

「讓帕思莉亞自己一個人做家務的話，下場通常……都會是這個樣子。」

惠恩一面擰著抹布一面說道，水流滴滴答答落進白色的鐵桶。

「我已經充分見識到了。」雪琳銳利地回答道。

背後的帕思莉亞露出想把她的胸口射穿一個洞的灼熱視線，卻又因為無法辯駁而生氣地咬著牙齒，喀哩、喀哩、喀哩！

花了大半個下午，他們總算把餐廳到走廊附近的積水徹底排除了。儘管如此，依然還有滿山滿谷的歪斜掛畫、七零八落的倒地盔甲，以及更多在洪災之中遭受摧殘的藝術品等待復原……到底該拿它們怎麼辦呢？三人忍不住生出一股不知該從何使力的頭大之感。

「……今天就先到此為止吧。」

「同意。」

經過一整天的勞動，他們全都筋疲力盡，晚餐只好草草解決。

眾人坐在散發出泡水氣味的餐桌上，忍受著屁股濕答答的冰涼觸感，雙腳浸泡在積水中，苦不堪言地把食物掃進嘴裡。爐灶泡了水後沒辦法生火，所以惠恩勉勉強強弄來了沙拉跟硬麵包，但沒有溫度的食物吃起來真是一點滋味也沒有。

喀哩、喀啦！咬著硬麵包的清脆聲響，在寂靜大廳中縈繞。

「帕思莉亞……正在反省。」

用餐具叉著乾乾的硬麵包，帕思莉亞看起來意志消沉，兔子耳朵軟軟地垂在兩邊。

惠恩則是好言安慰道：「好了啦，帕思莉亞，我們沒有要責怪妳的意思。事情過了就算了，好嗎？」

「嗚嗚！惠恩大人，您真是溫柔……」

看著帕思莉亞閃閃發亮的大眼，雪琳帶著一副反胃的表情說道：

「行了，你們喜歡演這種溫馨家庭搞笑劇我是不反對，但請在我看不見的地方再來揮灑演技好嗎？」

被銀髮少女如此奚落的惠恩面紅耳赤地把頭別開，帕思莉亞卻不甘示弱地回嘴：

「臭、臭人類，妳說什麼？真是狗嘴裡吐不出象牙！」

帕思莉亞用拳頭敲著自己的胸口，高傲地對雪琳說：「我是真心誠意地對惠恩大人表示敬愛，這可是身為臣子的崇高品德，像妳這樣的魯莽之人不會理解的。」

「我也不想理解。」

「哈，這也沒辦法，畢竟人類是低等的種族，我就原諒妳好了。」

「獸性未脫的種族有什麼資格批評人類？」

「你們才是無毛猴子！」

「啊啊？」

兩人鼻尖相抵，四手交對，吊起眼睛，露出恨不得把對方生吞活剝的凶惡表情。雙方僵持不下，劈啪！嗶啵！在近得不盈咫尺的空間中，不斷摩擦出凶暴的火花，四處爆裂飛散。

只不過，必須勉強墊著腳尖的帕思莉亞，在氣勢上終究弱了那麼一點點。

「我呢，我帕思莉亞，身負著魔城總管這無比的重擔，是絕對不會輸給像妳這種菜鳥的……噗呃！」

到達極限了！小小的手臂支撐不住主人上半身傾斜向前的所有重量，帕思莉亞露出驚恐的表情，一瞬間向下滑了好幾寸。

勉強攀住桌子邊緣，努力不要掉下去的帕思莉亞滿臉通紅，試了好幾次想重新爬回桌面。看見她這副模樣，雪琳彷彿鬼迷心竅般地咬住嘴唇，向前伸出右手……

「……喂！妳在幹什麼，不要趁機摸我耳朵！」

「咦，啊啊！才不是，我是要救妳起來，別不識好人心！」

雪琳粗暴地拎住了帕思莉亞的耳朵，不顧當事人拳腳齊施的抗議——她的手腳太短所以每一擊都落空了——粗魯地把她塞回了椅子裡。

「呼……呼……呼……」

「怎麼樣，不謝謝我嗎？」

「呼……呼……謝什麼……呼……謝，我那只是在、在做飯後運動而已，妳不要妨礙我！」

……掰得好硬。

「是是是，像我這種人，哪能看得出偉大的帕思莉亞大總管故弄的玄虛呢？」

「哦哦，妳終於承認自己的無能了嗎？」

「那是當然的囉，能夠把洗盤子變成這麼具有破壞力的活動，大總管妳的才能還真是不可小覷呀！」

「可呃……嗚！」因為太生氣而不小心咬到了舌頭。

「好、好了啦，妳們兩個，不要再吵架了。啊啊，帕思莉亞，妳沒事吧？」

看見帕思莉亞仰著頭無力地倒了下去，惠恩慌慌張張地跳出來打圓場。雪琳則是確認了自己發出必勝一擊，從座位上起身，準備脫離戰場。

「我吃飽了，先回去休息。」

「站住！」

聽到帕思莉亞的吶喊，雪琳果然站住，甚至還走了回來。但她之所以折返，卻不是因為聽從了帕思莉亞的命令。

「哎呀，差點忘記，這些餐具還是讓我自己洗，比較安全。」

銀髮少女俐落地收好餐盤，接著擠眉弄眼地望向帕思莉亞，兔耳少女的臉龐因為屈辱而漲得緋紅。

「臭人類，我現在就去教訓妳，咱們再來大戰三百回合……呃呃，怎麼會……手卡在椅子裡面了？混帳，妳別跑啊啊啊啊！」

在帕思莉亞的怒吼聲中，雪琳愉快地離開了餐廳。

月亮完全升起時，雪琳將自己的身體倚靠在窗邊，靜靜凝望著在家鄉體驗不到的景色。

高掛在漆黑天空中的下弦月是夜之女神唯一的笑臉，除此之外，上上下下都找不出其他光源了。星星似乎不約而同地一齊閉上眼，被夜幕覆蓋的大地，彷彿染上一層濃墨，所有東西都沒有了輪廓，參差不齊地陷入黑暗裡。

這裡和她家鄉的夜景完全不同。

記憶裡頭，雪山與冰谷的北之國夜晚，抬頭可以看見布滿整個天空的極光，與其相對應的，則是倒映在雪地上，幽藍又柔靜的寒光，長夜光輝閃耀。

啊！她離家已經很遠了。

雪琳不禁感慨。

「雪琳?」

「咦?原來是惠恩啊。」

出現在走廊另一邊的惠恩，手上提著一盞油燈，向著雪琳走過來。

「這麼晚了，妳還沒睡嗎?」

「嗯……要去睡了。你呢?」

「我也是，不過我想先把城堡巡完，確定門窗都有關好。」

雪琳不好意思地抓了抓腦袋。

「呃，真抱歉。這種事應該要讓我這個護衛來做才對。」

「沒關係的，雪琳。這種事情交給我無妨，反正我也做得很愉快啊。我從以前開始就習慣勞動了，一天沒做這些事反倒還有點不適應呢!」

雪琳咋舌。

「我還真沒聽說過像你這樣勞碌命的魔王啊!」

「哈哈……」

「也是為了不讓帕思莉亞接觸到家事吧!」

「……啊哈哈哈。」

看見惠恩的苦笑，使得雪琳也放鬆了臉上的線條，兩人就這樣靜靜站著眺望窗外的夜景，油燈中輕旋綻亮的火焰，指揮著石牆上陰影曼妙的舞宴。

「雪琳，我要謝謝妳。」

「咦？」

經過了短暫的寧靜，藍髮少年抬起頭，忽然如此說著。

「若不是因為聽了妳的一席話，或許我永遠也無法下定決心反抗名族。現在的我終於知道，逃避無法解決事情，而將原本應該擔負的責任推送出去，同樣也是一種逃避。我必須靠著自己的力量阻止那群貪婪者。」

「你……」

銀髮勇者張口凝視對方的側臉，過了一會兒……

「你已經有計畫了嗎？」

惠恩臉上泛起一絲苦笑。

「說實話，關於如何阻止開發貧民窟的事，現在還沒有太多想法，不過大致上有方向了。」

「惠恩……」

瞇起的雙眼中，透露出對對方的擔心與關懷，銀髮少女知道的是，不管在這個世界的哪個地方，掌控權勢的貴族勢力總是難以擊潰。

「哈哈，請不必擔心，雪琳，我不會做出以卵擊石的舉動。」

「那樣最好……」

「是、是的……嗯，雪琳，我還要繼續巡視這層樓，時間也不早了，妳還是趕快休息吧！」

「你也是啊，別弄太晚了……晚安。」

「晚安。」

惠恩繼續把巡視工作做完，但是離去時的腳步似乎輕快了不少。雪琳則是轉身扭開房間的門把，回到臥房中。

解開頭髮，脫掉褲子跟裹胸布，本來應該馬上鑽進舒適的被窩裡，然而雪琳卻不知為何愣愣地坐在床邊，凝視著什麼也看不見的黑暗。

「……惠恩，竟然真的想要對抗那些貴族……不，是名族啊。」

一陣摸索後，雪琳把柔軟的枕頭當成抱枕用力緊抱，同時自言自語地說了這句話。

少女的思緒十分混亂。

胸口的海洋彷彿動盪著波濤，她蜷縮腳跟，苦惱地拉扯自己的頭髮。

讓她心中糾結的，是少年迎視遠處的那副表情及眼神。

心中懷有目標，望看著無窮遠處的視線裡，潛藏著堅定的信念與勇氣。

與之相對的是，自己身體裡頭彷彿燠熱躁燒著，悶塞中，餘燼的火花又跳躍起來，難以名之的情感——某種空洞。

這股思緒究竟是……

雪琳倒在床上。

「……我為什麼會有這種感覺呢？」

用指甲搔刮著床單縫線的銀髮少女，無法具體形容翻滾在身體中這道洶湧暗流，無法給予名稱，無法排遣。

翻身、翻身再翻身，再怎麼思考都得不出答案。

然而即便雪琳絞盡腦汁地在煩惱著，眼皮卻被一股不知名的力量不停地往下拉。

「啊……想睡了。」她打了個哈欠。

——那是身體尋求休息的訊號。

銀髮少女決定不再抗拒。

將眼皮闔上吧！明天的事，就放到明天再想——況且，雪琳畢竟還是個戰士，動腦筋本就非她所擅長，比起像魔法師們那樣深思熟慮，戰士更適合接受指令，然後直觀地揮劍！

她一頭鑽進棉被裡，旋即進入了夢鄉……

不知過了多久之後，雪琳睜開了眼，慢慢地坐起。

「好渴……」

口乾舌燥地摸索到床頭的水瓶，灌下一大口清冽的冷水滋潤乾枯喉嚨後，少女意識放空般地坐在床上發愣。

身體無法再接受腦袋「睡眠」的命令，肯定是有某種原因。

「……」

現在幾點了？

左顧右盼。

「……」

太安靜了。

「喂！」

沒有人應聲。

雪琳困擾地緊抓著棉被一角，怎麼會這麼安靜啊啊啊啊？

比起視野內被無窮無盡的黑暗所填滿，周圍的闃靜更是她壓力的來源。

在雪琳出身的北之國，夜晚隨時颳著雪山強風，徹夜不停嘶吼；到了大一點的年紀，做為勇者在戰場服役時，戰爭亦是不分晝夜地展開，雪琳總是在魔法所引發的爆炸巨響、同伴與敵人的哀鳴怒吼……各種劇烈聲音中入眠，結果就是，一旦陷入真正的寂靜，反而會感到不安。

寂靜，就代表著死亡。

「喂，有沒有人啊？」

雪琳再一次向虛空問話，當然也沒有人回答，不過，萬一真的有人回話，她應該還是會覺得驚恐。

「糟、糟糕了，這樣無法重新入睡啊！」

昨天晚上是怎麼入睡的呢？她回想起來，昨晚和惠恩簽訂了契約後，因為太高興了，於是便喝了酒。慶祝會結束後，她一路唱歌跳舞、醉醺醺地回到房間。都弄成那樣了，當然很快地會睡——等一下，唱歌跳舞？

雪琳用力地搖了搖頭。

一定是她記錯了……記錯了吧，對，她才不會那樣呢！

匆匆忙忙地把黑歷史從記憶中抹煞掉的雪琳，重新面對現狀。

「可是，現在都這麼晚了，總不能再跑出去找酒喝吧！」而且就為了要幫助入睡所以跑去喝酒？這要是被其他人知道了，一定會覺得她是個酒鬼！

這樣的話，身為勇者的顏面豈不是蕩然無存？

這個提案，否決，否決！

「還是趕快躺平吧，什麼都不要想，然後趕快睡著。」

雪琳縮回了棉被中，強迫自己閉上眼……不過事與願違，越是勉強自己靜下心，心就越是不可能靜下，諸多胡思亂更是雜沓而至。

其中一個，正是吟遊詩人最喜歡發揮的題材。

哀嗚少女的哭聲。

傳說在魔王的城堡裡，每逢午夜，便是哀嗚少女出現的時刻。遭受魔王毒手、並永世拘禁於城堡中的不幸靈魂，會用斷斷續續的啼聲，泣訴自己的憎恨與苦楚。這是所有從吟遊詩人那邊聽來的恐怖故事中，讓雪琳最害怕的一個。

才、才不會真的有這種事呢！

雖然這麼想著，本來只蓋住腰際的被子，卻在不知不覺間越拉越高、越拉越高。

什、什麼妖魔鬼怪，都只是人們的幻想，現、現實之中根本不存在。

兀自嘴硬地說服著自己，可是就在這個時刻——

「嗚嗚……嗚嗚……」

那一絲似有若無的細小悲鳴，令勇者的臉色瞬間變得跟頭髮一樣白。

真、真的來了嗎？

儘管敢和魔族戰鬥，卻會害怕誰也不知道是否真實存在的鬼怪幽靈嗎？

不，絕對不行，堂堂前北之國勇者，怎麼可以躲在被子中瑟瑟發抖！

神呀，就連明天早上的勇氣也先借給她用吧！

在心底發出如此的祈禱後，雪琳鼓起勇氣，跳下床，一口氣衝到門口。

那、那一定只是風聲，對吧？

外面什麼都沒有，一切只是錯覺……然而這麼祈願的雪琳，才剛探出頭去，便看見了走廊末端半空中飄浮著的一盞熒熒鬼火。

搖曳、輕顫的火光。

昏暗光線中看不太清楚，但明顯是一雙屬於少女的赤腳。

……以及越來越近，越來越清晰的哭聲。

「嗚嗚……嗚嗚嗚嗚……」

呀啊啊啊啊啊啊——

雪琳發出了無聲的悲鳴。砰！用力鎖上門，然後一口氣衝回床上，把棉被拉過頭頂，再也不敢睜開眼。

啼哭的少女踏著無聲無息的腳步，經過了銀髮勇者的房間。

她當然不會知道，此刻，房間裡的人正把自己藏在厚厚棉被中捲成一團，將北之國到南之國所有神明的名字通通默禱了一遍。少女對此漠不關心，踏著鬼魅般的腳步——或者，她本來就是鬼魅——經過了一間又一間客房，爬上樓梯，穿越長長的走廊。

「嗚嗚……嗚嗚嗚嗚……」

最後停在這裡。

城堡的主人，第六天魔王的寢室前。

少女遲疑了片刻，最終仍是推開了厚重的房門。

直到此時，她都沒有停止啜泣。

咿呀——

光線就像好奇的小孩一樣盡力伸長了觸角，照亮了房間內部。

樸素。只能用這兩個字形容的寬敞房間，與其主人高貴的地位相比，極不相襯地缺乏裝飾。放眼所及就只有衣櫃、木箱等必需品，牆上應有的掛氈、畫作一概付之闕如。

臥房的正中央有張大床，惠恩將自己裹在棉被裡，只露出一截藍髮，睡顏平靜而安詳。

少女的眼睛一亮，接著，發出粗重的喘息，迫不及待地向熟睡中的少年衝了過去。

「喝啊！」

帶著要把第六天魔王吃掉的決心，突擊！

砰！

「嗚哇！」

「誰、誰呀？」

惠恩慌慌張張地驚醒了過來。

「帕思莉亞？」

低下頭來，望見兔耳少女倒在床頭四腳朝天，同時又淚眼汪汪地捂住自己的臉。

「凹痛，鼻祖都撞扁了！」

「這麼晚了，妳怎麼會在這裡？」

透過帕思莉亞手上點著的燭臺微光，惠恩看見了一幅更叫他驚嚇的景象。

「妳、妳怎麼穿成這副模樣？」

飄逸的薄絲睡衣，隱藏不住的是底下白皙……呃……與曼妙無緣的幼女身材，不過，貼身衣物的選擇上卻意外地強調了成熟女性的風情，講究地使用了黑色蕾絲內衣。

「帕、帕思莉亞是來為惠恩大人侍寢的！」

「什麼？」

「要、要為惠恩大人侍寢……嗚嗚！這種事還需要帕思莉亞大喊第二遍嗎？」

帕思莉亞滿臉通紅地叫道，再次努力地對著惠恩的床發起進攻。但遺憾的是，床太高了，她小小的手搆住大床邊緣後，腳就攀不上來，只能懸在半空進退不得。

「為、為什麼要做這種事？」

「這還用說嗎……帕思莉亞太難過了，嗚嗚！在下是惠恩大人最忠誠的部屬，理應好好打理魔宮內的一切，為您分憂解勞才對。結、結果我非但沒能好好完成任務，甚至還為您帶來一大堆麻煩……太羞辱了！帕思莉亞應該以死謝罪！」

「哇啊，妳可千萬不要死啊！」

「我是個沒用的家臣，身為總管，卻連最簡單的家事都做不好……既、既然如此，我只好擦乾眼淚，做我唯一能做的事——為您獻上自己的身軀！」

「什麼？」

惠恩嚇得縮到床的另一側，帕思莉亞依舊不死心，繼續蹦跳著攀登著惠恩如高峰般險峻的睡床。

「不、不需要做到這樣吧，帕思莉亞。」

「無所謂，反正我早已下定決心，要將身心全都奉獻給惠恩大人！」

「不、不是那個問題……」

帕思莉亞終於爬上來了。

這一瞬間，小兔子露出了肉食性動物的犀利眼神。

「好了，惠恩大人，就讓帕思莉亞好好服侍您吧！」

「嗚呃！」

「不要擔心，對您來說，帕思莉亞好歹也算是姐姐，我會好好引導您的。」

帕思莉亞說完便不由分說地抓住惠恩的手，送到嘴邊。

「希哩……呼嚕……」

「嗚、嗚哇，好痛！住、住手啊，帕思莉亞！」

「啊咧？怎麼會這樣呢！書上說只要主動舔男人的手指頭，他們就會感到興奮呀……」

「不是啦……妳咬得我好痛。」

「哎呀！糟糕，不小心把惠恩大人的手指看成白蘿蔔了！嗚嗚，真是失策……不過，我還有下一招。」

帕思莉亞毫不放棄，這一次，則是換將他的手拉向胸前。

「覺得怎麼樣？」

「呃……好硬。」

這是惠恩唯一的感想。

過於平坦的絕壁，只摸得到清晰可數的肋骨。

帕思莉亞臉上的興奮神色瞬間垮了下來，眼神也黯淡死去。

「嗚呃，帕思莉亞？」

惠恩不知所措地望著撲倒在自己身上的帕思莉亞，兔耳少女抬起一隻手，虛弱無力地搥打著床鋪。

「嗚嗚……為什麼，為什麼我連這種事情都無法為惠恩大人辦到？」

「不、不要難過了啦，帕思莉亞。」

惠恩輕輕地將手放在帕思莉亞的頭頂上撫弄。大概是很舒服，埋著頭的兔耳少女身體輕微地顫抖，惠恩則靜靜地等待對方的啜泣聲停止。

「……帕思莉亞失態了。」

過了半晌，她好不容易才抬起頭。

「心情有沒有好一點了？」

「嗯……謝謝您的關心。」

「帕思莉亞，其實妳能留在我身邊陪我，就已經讓我非常感激了。若不是有妳，很多地方我根本不知道該怎麼辦，所以，請不要再自暴自棄了。」

「抱歉，因為那名人類的緣故，讓我一時慌了手腳，才會沒體察到惠恩大人的心情。」

「別這麼說，帕思莉亞。」

「……但是，想不到即使帕思莉亞都已經做出這麼大的犧牲了，惠恩大人居然看也不看一眼，我好難過。」

「咦咦？」

煩惱地望著自己前胸貧瘠的土地，帕思莉亞幽怨地說道：「果然還是要像那頭人類母牛的程度，才能引起惠恩大人的興趣嗎？」

「妳妳妳妳在說什麼啊？」

「一直看著惠恩大人的我都知道，從那個女人來的第一天開始，惠恩大人的眼睛就只盯著對方的胸部看……」

「我才沒有只看那裡！」

惠恩抗議道。

「難道您還有看其他地方嗎？」

「當然是看了……不對啦，我、我不是懷著那種念頭在看雪琳的。」

雪琳？帕思莉亞的的眼睛瞇細起來，流露出微微吃味的目光。

才過了一天，就熟稔到可以稱呼其名字的程度了嗎？

「惠恩大人……對那隻人類母牛有意思嗎？」

「不、不，也不是有意思……該怎麼說呢，只是感到有點好奇。帕思莉亞，畢竟她是『人類』呀！」

果然……是因為「那個」的緣故嗎？

帕思莉亞憂慮地搖了搖頭。

「不管怎樣，還請您記得，您是第六天魔族的魔王，而她曾是與我們站在不同方的勇者。」

「我、我知道……可是……」

「我相信以惠恩大人的智慧，一定能夠好好拿捏界線。帕思莉亞信賴您的判斷。」

「嗯……謝謝妳，帕思莉亞。」

惠恩溫柔地撫摸著少女的雙耳，以誠摯的聲音開口。

「謝謝妳一直這樣支持著我，帶給我莫大的力量。」

「哪裡，能夠成為惠恩大人的力量，對帕思莉亞而言乃是無上光榮的事。」

得到了惠恩的誇讚，帕思莉亞露出喜孜孜的表情，害羞地通紅了臉。

「好了，時間也不早了，帕思莉亞，妳趕快回去睡覺吧，不然明天會起不來。」

「好的，惠恩大人晚安。」

帕思莉亞雀躍地跳下床，一鼓作氣奔向門口。

可是，就在掩上房門的一瞬間，她突然醒悟。

「那個……惠恩大人，難道今晚不能跟您一起睡……嗎？」

似乎太遲了，她渺小的企盼被沉默的門板阻絕於外，房內無人應聲，惠恩應該已經睡了吧。

帕思莉亞有些後悔，早知道就不要這麼早關門了，都是因為被惠恩稱讚才會讓她這麼飄飄然。

……不過，就算只有一句話也好，能讓魔王大人親口說出「十分需要自己」，就讓她覺得今天晚上沒有白費。

回到房間，帕思莉亞立刻來到書桌前，將原本放在桌子正中央的巨大書本──《女僕侍奉術：一百種讓主人為妳神魂顛倒的服侍絕技》──推到一旁。

然後藉著光源，從一旁的巨大的書櫃中仔細尋找。

《精選！猴子也會做的簡單料理》、《水系魔法師祕傳洗衣寶典》、《六大天魔族都驚呆了！城堡打掃與清潔大百科》、《搭配飲食與運動輕鬆讓妳長高高》、《純情魔王俏管家》……帕思莉亞五花八門的典籍收藏，恐怕就連第一流的圖書館都要豔羨。

「不是……不是……有了！」

帕思莉亞從書海中挖出一本顏色暗沉的羊皮紙封面書。

這本看起來非常古老、繫繩快要散開、書頁都泛黃的薄冊書，卻讓兔耳少女帶著戒慎恐懼的目光望著它。

封面上只有兩個模糊到幾乎快看不清的小字：混血。

「如果我沒記錯，整個第六天魔界只有這本書裡才有記載相關研究。幸好我以前讀書的時候留下了手抄本。」

帕思莉亞重重地呼出一口氣。

——希望自己的憂慮並不會成真。

為了惠恩大人，今晚她就奉陪到底了！

兔耳少女吐了一口氣，接著翻開書本，開始挑燈夜戰。

Unemployed Heroine and Devil's Guard

ch.4 魔王的話，一定不可能是M的那一個

「早安。」

太陽已經越過山頭。

放在桌上的早餐都已經冷掉了，惠恩撐著臉坐在主位上，好不容易終於等到住在城堡內的另外兩名女性姍姍來遲地出現。

「咕呃……早。」

「早安。」

明明是清爽的早晨，然而進入餐廳時的雪琳卻是滿頭大汗。

「妳又跑去練劍了嗎，雪琳？」

「是啊，不勤加練習的話身體會變得遲鈍。」

雪琳一邊使用乾毛巾擦拭頸部與頭髮，一邊回答。

說起來，還不是因為待在這裡實在太閒——好幾天過去了，別說是圖謀不軌的刺客，就連想要叮咬惠恩的蚊子蒼蠅也沒飛進來幾隻，讓雪琳越來越懷疑自己受雇為護衛的意義。

「嗯……所以說，人類這個種族就跟野獸沒兩樣，總是靜不下來。」

「至少比某些衰弱不振的傢伙來得好吧？」

「嗚呃呃……」

與活力充沛的雪琳相反，兔耳少女一副沒睡飽的模樣，委靡不振地癱在椅子上，好像連維持坐姿都極費力，好幾次甚至吃到一半睡著。

「嗚嗚，我錯了……我今天一定會準時……上床睡覺的。」

帕思莉亞神色痛苦地說道，卻被雪琳投以冷淡的視線。

她已經完全摸清楚帕思莉亞的習慣了。

每天晚上，兔耳少女總是會一邊哭著責備自己的無能，一邊寫日記跟檢討當日問題點，擬定明日侍奉計畫直到深夜，結果陷入隔天早上醒不來做早餐被惠恩喚醒的惡性循環。

本來以為今天也會是無所事事的一天，但是早餐過後，雪琳卻被惠恩悄悄喚住。

「出門？」

「噓……小聲一點。」惠恩豎起手指，深怕被人聽見似地左右張望。

「等一下帕思莉亞一定又會去睡回籠覺，我想趁著這個機會出城。」

大概晚飯以前回來。惠恩露出非常認真的表情。

「咦，嗯……好吧，我跟你去。」

是什麼事情需要瞞著帕思莉亞呢？雪琳雖然訝異，惠恩的神情卻讓她無法拒絕。

再次造訪第六天魔城，依舊帶給雪琳無比的驚嘆，城市就像一鍋煮沸的滾水，不斷喧騰，永無止境地散發出活力。

不過這一次，通過城門以後他們並未沿著主要大道通行，而是鑽進了一條小巷。

「小心點喔，地上有些泥濘。」

「我們到底要去哪裡啊，惠恩？」

巷道內既陰暗又潮濕，還發出一股奇怪的霉味。

「等一下妳就知道了。」

賣什麼關子啊？雪琳懷著疑惑，亦步亦趨地跟隨著藍髮少年。

走了一會兒，便看見盡頭照進溫暖的日光。

「我們到了。」

惠恩興高采烈地宣布。

終於踏出巷口，原以為會被帶到什麼新奇有趣的景點，沒想到眼前卻是一條沙塵飛揚，景象殘敗的舊路——此等情景令雪琳不由得一愣。

「這裡就是第六天魔城的西市場，是供應下階層人民物資和謀生的場所。另外還有一座東市場，通常是名族以及生活比較富裕的居民才會去。」

「咦咦？」

「西市場有一部分與貧民窟相連，所以雙方算是密不可分。」

「你說貧民窟，那不就是……」

「是的，就是我長大的地方。」

惠恩有些羞赧地笑著點頭。

「不好意思瞞了妳這麼久，我只是想更戲劇化一點地把故鄉介紹給妳——我們今天來是為了尋找助力。」

「助力？」

「任何可能幫助我們對抗名族的人或方法。貧民窟不只是我，也是許多人的家園，比起名族，他們對這裡的影響力更大……如果能獲得他們的幫助，或許我們就有機會阻止開發計畫。」

惠恩顯然已經做足了準備。

雪琳望向四周，凹凸不平的黃土路面，偶爾有些零碎的紙屑飄飛，比起大道似乎更缺乏整理。

小販沿著街道架起的棚攤，模樣也相當簡陋：幾根木柱、幾張帆布、幾把桌椅，就能用來擺放商品向過路行人兜售，那些貨物的品質看起來都十分粗糙。

這種地方，真的會有人來光顧嗎？儘管如此，惠恩看著這一切的眼神中依舊充滿了感情。

「這裡到處都是我的地盤啊，我小的時候在這裡、這裡……啊，還有那間店裡都打過工。」

他指著一間又一間營業項目各自不同的店鋪，語氣中充滿懷念。

「喔唷，這不是惠恩嗎？好久不見啦！」

「啊，是店長！您最近過得還好嗎？」

從老舊店鋪裡頭走出來的犬耳店主白髮蒼蒼，然而依舊以熱情宏亮的聲音向惠恩打招呼。

「是惠恩嗎？」

「惠恩回來了！」

緊接著，一傳十，十傳百，年輕的、年老的、高的矮的胖的……有些是店主，有些則是店員，一個接著一個從棚屋中跑出來團團圍繞住惠恩——有的勾搭他的肩膀，有的捏捏他的臉頰。

「嘿！你這小子，突然一聲不響地消失了大半年，大伙還以為你死了哩！」

「俺的店裡最近很缺人，要不要再回來幫忙啊？」

「咦，站在你旁邊的這位美麗姑娘是你的妻子嗎，真是了不起啊惠恩。」

藍髮少年光是要一一和這些人回禮問候便忙得不可開交。

在旁的雪琳睜大雙眼，顯得驚訝不已。

「看不出來你還滿受歡迎的呢！」

「也、也沒什麼啦，大家過去都像我的家人一樣照顧我。」

正在用力搓揉惠恩腦袋的黑髮貓耳女郎渾身散發出一股妖豔的氣息，貼在少年的耳旁輕輕地吐氣：

「惠恩，你什麼時候才會再回來店裡呀？那些新來的小伙子都不成氣候，我好懷念你高超的手法，縛得人家欲仙欲死，欲罷不能呢！」

「那、那個……沙蘭緹小姐，不好意思，我現在已經金盆洗手，這件事還請妳不要再提了啦！」

惠恩的臉頰瞬間漲成豬肝般的粉紅色，以同等於慘叫的音量求饒。

「咦，什麼啊？真掃興，想當初我們一起度過無數個美好夜晚……」

「妳、妳這樣說全世界的人都會誤會啊啊啊啊——」

惠恩一邊拚命地搖手，一邊緊張地注意雪琳臉上的神情，不過銀髮少女好像絲毫沒有察覺到異狀。

「對、對了，我打算採買一些東西……」

趁著這幾天終於把水患整理得差不多了，他也有空羅列一張損失物品的列表。

「哈！要買東西的話那你們一定就要去找歐蘭。是說再不去看看那個老傢伙，說不定他的店一直沒有客人就要倒了呢！」

沙蘭緹壞心眼地掩嘴偷笑著說，又偷摸了惠恩的屁股一把，然後一溜煙地跑開了。

兩人先與其他人道別，接著往下一地點繼續前進。

白色的磚牆純潔無垢，眼前是迄今為止所見最大的一棟建築。

和背後那些粗簡破敗的攤販不同，兩人最後找到的這家店鋪，是有著自己的店面的紅色二層樓磚屋。門口上方懸掛著整塊上漆過的燙金招牌，樣子看起來相當氣派。

「歐蘭百貨公司」——從寫在招牌上的文字和堆在門口的瓶瓶罐罐、細籠、掃帚與花盆來看，實在讓人摸不清這間店主要賣的是什麼。

「百貨公司……就是什麼都有賣的地方喔。」

惠恩解釋道。

「賣的內容包山包海，又比其他地方還貴……不過帕思莉亞老是堅持要用店裡的商品，她覺得品質比較好。」

「……」

對比應該負責財務的魔城總管總是專挑奢侈品毫不手軟，真正的魔城之主則是精打細算斤斤計較兼貪小便宜，讓雪琳覺得兩人間的主從關係是不是顛倒了？

「……那不就是雜貨店嗎？」

「這個……我也不知道區別在哪，大概百貨公司聽起來比較高級吧？聽說在東市場有一間真正的百貨公司，蓋了五層樓那麼高。」

「五層樓！嗚哇，那豈不是比城堡還要大？」

「嗯……有錢人真的很厲害啊，如果我也能那麼有錢就好了。」

身為魔境之主的少年直率地說出了對富豪階級的欣羨……這番聽起來有點詭異的話讓少女不禁向他投去了奇怪的目光。

正當兩人在店門口交談得起勁時，店裡走出了一名挺著發福的大肚子，看起來像是店主的熊耳獸人，露出金光閃閃的門牙熱情招呼兩人：

「來來來，這位美麗的貓耳小姐，瞧瞧妳這頭漂亮的白髮。我們店裡剛進了最好的香水，是從第四天魔境運來的舶來品，當季衣服應有盡有，也有珠寶首飾……小帥哥，你千萬別愣著啊，趕快買一條送給你女朋友。」

「我、我們不是那種關係。」

「他不是我男朋友。」

瞬間秒答。嗚呃！

雖然早知如此，不知為何卻覺得很心痛……惠恩喪氣地垂下腦袋，站在一旁的老闆隨即向他寄來同情的目光。

「進去看看吧。」

雪琳對這間店充滿好奇，居然號稱自己什麼都有？

趁著銀髮少女走進店內的同時，惠恩則是忙著向老闆講價。

店內擺設即使用雜亂無章來形容也不為過，奢侈品、廉價品、日用品、無用品……全部隨心所欲地擺放在架子上。然而雪琳對於那些擺在架上最顯眼處的花露水、潤髮乳、護手霜完全不屑一顧，反而不計形象地趴下身子檢閱放在最底層的盔甲保養油跟魔法磨刀石粉。

「『神奇，亮晶晶』？唔……這個牌子真的這麼有效嗎？」

雪琳手裡拿著兩個牌子的磨刀石粉猶豫不決。此時——

「咦，您說沒辦法提供給我們，這是什麼意思？」

店外傳來惠恩驚訝的高呼聲，引起雪琳注意。

「就是字面上的意思啊，我的大爺喂！您下訂的貨物數量實在太多了。」

「可是我們之前都是下這個量啊！」

「沒辦法就是沒辦法。」

雪琳走向煩惱中的惠恩。

「發生什麼事了？」

「老闆不肯賣東西給我們。」

「哎唷，不是不賣你們，而是……唉！現在整個西市場的貨都在彌亞大姐的控管之下，我要是隨便批給您，肯定會被她殺頭。唔，我看，您不如直接找彌亞大姐商量會比較好。」

「那個叫彌亞的，人在哪裡？」

「大姐通常待在鐵匠鋪那邊忙事情，你們沿著這條路一直走下去就會看到。」

店主歐蘭熱心地為兩人指路。

「——呀啊！」

驚恐的細長吶喊聲撕破原本的寧靜，也使惠恩與雪琳同時停下手邊動作。

就在道路的前方，人群掀起一陣混亂的漣漪。

「喂喂！好像出事情了！」

「又是那些傢伙嗎？」

「不要靠近，會有麻煩的！」

耳語的風暴蔓延開來，緊接著，慘叫聲再次傳出。

「發、發生什麼事了？」

「啊啊！那群地痞流氓，又跑來鬧事了！」

歐蘭露出一副忿忿不平又無奈的表情，用力拍著腦袋。

「真可憐，不知道這次會是誰遭殃？」

「流氓？」

惠恩抬起頭，詫異地問。

「是啊，最近這陣子有群傢伙跑來西市場搗亂，要是沒有繳納保護費就會被他們找碴……雖說即使乖乖給了錢，也不一定能幸免於難。」

「居然有這種事……太可惡了！」

「喂！惠恩……你要去哪裡？」

眼見藍髮少年閃電般地衝出門外，雪琳也只好趕緊追了上去。

人群發出尖叫聲四散。

在那裡有一塊任誰都不敢靠近的空地。

「哈哈哈……兄弟們，給我砸！」

籮筐已經翻倒，果實散落一地，狸耳少女驚慌失措地望著四散、摔爛的貨品，兩眼一翻，身軀軟綿綿地向後倒下去。

「喂，妳還好吧？」

即將墜地受傷的前一秒，一條身影從後方及時將她接住。

出現在那裡的是惠恩。

昏過去了？

他輕柔地把少女安置在地上，才抬眼望向前方……正確來說是那些盤踞在空地上的男人們。

坐在籮筐上那名虎背熊腰的山豬大漢看似首領，而他身後的好幾名同伙，把「凶神惡煞」四個字放在他們身上再貼切不過。

他們正肆無忌憚地踩爛地上的水果，如此誇張的行徑，令惠恩的臉色霎時蒼白。

「竟然把那些拿來賣的商品……」

即使是好脾氣的惠恩，此刻也不禁渾身顫慄。

「給我住手！」

遭遇到了意想不到的制止，取樂中的男人們抬高眉毛，露出愕然的神色。

他們將視線轉向排眾而出的少年。

「喂！小伙子，你別衝動，那些傢伙會打人的。」

幾位好心的路人想勸阻惠恩，然而藍髮少年似乎沒有聽進他們的好意。

「光天化日之下毀損別人的貨物，不怕遭受王法制裁嗎？」

鼓起勇氣，不怕對方人高馬大——這樣的惠恩轉眼間就被那群流氓團團包圍起來，就連最瘦小的那個也足足高出他一顆頭。

為首的男人露出了驚訝表情。

「王法？」原本抱在他胸前的雙手慢慢地放了下來。

「可惡，跑得這麼快……等等我啊，惠恩！」

這時候的雪琳好不容易才擠出人群，然而映入眼簾的這幅光景卻是……

「——小心！」

「這個國家的魔王早就不在啦，別跟老子講王法！」

「嗚哇！」

男人的怒吼貫穿耳膜。

寬如鐵塔的身軀陰影籠罩住少年，惠恩舉起了手臂，卻無法抵禦對方像鐵鞭一般抽過來的重拳。

下一秒，他整個人被彈開，跌了個四腳朝天。

「唔！」

暈眩還沒有恢復，身軀又再度被提起，被粗暴抓著領口的惠恩在半空中拚命掙扎。

「去死吧！」

大漢掄起拳頭，對準惠恩猛力揮下。

惠恩只能本能地防禦住頭部，然後閉上雙眼。

「……哈啊？」

本該預期的疼痛並沒有發生，惠恩睜開一隻眼，只見大漢宛如泥塑木雕凍結在原地，同時露出一臉困惑的神情。

同一時間，站在他背後的同伴們個個驚慌失措地大喊：

「老、老大！」

「怎怎怎怎麼會這樣啊啊啊啊？」

從山豬耳朵男人的角度來看，他只知道自己揮出去的手臂突然間停止不動了；然而對於從側面看清楚整個狀況的同伙們而言，卻是某個不知從哪裡冒出來的陌生女人，僅靠一隻左手就封住了首領一切的行動。

「請不要對我的朋友動粗啊！」

這不是請求，而是警告。

冰冷的話語宛如雪山風暴，足以將現場溫度驟降十度，配上殺氣騰騰的眼神——

「咕、咕呃！」甚至有幾名惡黨忍不住後退。

「——妳是誰？」

手臂被扯往一旁，山豬耳大漢才目睹了對方的容貌，他好像完全想不到擋住自己的竟是一名少女。這狀況令人費解。

「妳該不會是他的女朋友吧？唔嘿嘿嘿嘿……」

男人的眼珠子骨碌碌地轉過一圈，臉上露出醜惡的淫穢笑容。

「仔細一看，還是個大美人呢！像這種毛沒有長齊的乾巴巴小鬼配不上妳，還是跟我們走吧，包管能讓妳好好樂一樂。」

「好像是個不錯的提議——但是我拒絕。」

「什麼，居然敬酒不吃吃罰酒？」

對方瞪大了銅鈴般的雙眼，臂上飽滿的肌肉猛然隆起，再度扣起了銅碗般的大拳——揚起，揮落！

啊啊！結果還是得訴諸暴力嗎？皺起眉頭的同時，雪琳心中不禁發起喟嘆。

就算她願意跟人和平相處，世上還是有人不長眼睛啊！

該怎麼做才能收場呢？她閉上眼，腦中響起並不在身旁的奶奶的諄諄教誨。

「雪琳啊，妳要記得……」記憶裡，奶奶慈祥的聲音這麼說：「一旦有人想揍妳的左臉頰，那妳就把他的左臉，連同右臉一起打回去！」

我知道了，奶奶！雪琳迅速抬頭，然後，毫不猶豫地握緊拳頭，正面迎擊！

拳頭揮出去的瞬間——

「嗚哇！」

後發先至！大漢的拳頭沒有命中對手，反而自己先響起了慘烈的哀號，在半空中展開了旋轉與飛行之旅。

「嗚呃！」

「老大啊啊啊！」

在驚聲尖叫中……砰咚！臉頰漂亮地落地，旁觀的眾人全都不忍地閉上眼睛。

一瞬間的變化猶如電光石火，惡黨們目瞪口呆地看著首領在地上痛苦打滾。

「還愣在那裡做什麼，給我宰了她！」

「別想輕舉妄動！」

雪琳厲聲大喊，彷彿盯住獵物的蛇獴，牽制住所有人。

充滿威嚇力的封鎖視線，竟然無人膽敢上前。

現場氣氛劍拔弩張。

就在此時，人群中衝出一道身影，隔在雪琳和山豬耳男子中間。

「行了、行了，大伙兒，我看這件事就到此為止吧！」

一名長著一雙鬣狗耳朵的乾瘦男子，飛快地跳進了廣場中央。

「在這麼漂亮的美女面前動粗，豈不是大煞風景嗎……喂！小姐？」

「做什麼，你想當和事佬嗎？」

「要是小姐妳願意好好道個歉，咱們就在此扯平了吧！」

「道歉？」

銀髮少女歪過腦袋，露出鄙夷神情。

「嘿嘿，這個……當然啦，在下這些出門混口飯的，總也得要到一點表示，面子才掛得住呀！」

瘦小的男人一邊賊笑，一邊不斷交互搓著十根手指頭。

「開什麼玩……」

好勝的雪琳豎起柳眉，正當她想要拒絕時，她不經意地瞥見了周圍的人群，發現自己已經吸引了不少人的注意。

再這樣下去騷動會擴大……

「如何呢，小姐？」

「好。」

於是她點了頭，就此遵照對方的提議。

「給我記著，小子，下次就不要等女人來救！」

山豬男人接受了雪琳的道歉，臨走前還不忘回頭對少年恐嚇一番。

「還好吧？」

「……謝謝妳，我沒事。」

惠恩逞強地搖頭，雪琳伸出手來一把將他拉起。

路上行人們又像什麼事都沒有發生過一般，恢復到平常狀態。

啪！啪！惠恩拍打著被塵土弄髒的衣服，銀髮少女則是在一旁手扠著腰。

「真是擔心死我了，下次不要再這麼莽撞了，知道嗎？」

「唉……我、我明白了啦！不過雪琳，這次多虧有妳，要不然我真不知道自己的下場會怎麼樣。」

「別這麼說，我只是盡好保護你的責任而已。」

雪琳豪邁地揮一揮手。惠恩輕輕地嘆了口氣。

「想不到我才一陣子沒來，治安居然惡化到這種情況。」

這些人是從哪裡來的？果然……那群名族根本沒打算改善平民百姓們的痛苦生活。惠恩一面懊惱自己這麼慢才發現問題的同時，心中浮現起別的擔憂——會不會除了名族的威脅外，還有其他問題尚待解決呢？

「惠恩，別杵在這裡了，趕快去找我們的目標吧！」

「……好吧。」

直到身旁的銀髮少女展開催促，魔王才回過神，搖搖頭，暫時收拾好心情，用手指向前方。

「請跟我來……」

遠遠地就可以聽到敲打金屬的聲響，在雪琳聽來，這種聲音既舒暢又悅耳。走沒多久，帶著巨大煙囪和鼓風爐的石砌建築赫然出現眼前。

為了加強通風，散去巨大火爐帶來的悶熱感，「劍與驢子」鐵匠鋪豪邁地拆掉了正面的圍牆，從大馬路外便清晰可見店內光景，一排排地懸掛在燻黑壁面上的，是防具與武器的森林。

多麼賞心悅目的景象。

「哇啊……」

少女不自覺地發出了感嘆。

火花在鐵砧上輕快地跳舞。坐在熔爐前的鐵匠，將燒得通紅的鋼鐵浸入水中——嘶啊！發出令人汗毛直豎的聲音後，冷卻下來的鋼鐵開始顯現武器的輪廓。

雪琳感動地看著眼前這一幕，她和鐵匠師父們一樣，身上雖被熾熱高溫所流出的汗水所濕透，卻也甘之如飴。

「喂喂！惠恩，你看這把劍的作工，這個色澤、這個花紋……」

「咦，咦？是嗎，好像很厲害的樣子……不過，雪琳，我們還是趕快去找那位彌亞小姐……」

「嗚喔！還有這件鎖子甲，沒騙我吧？這難道是最新的款式？」

「那個，雪琳，彌亞小……」

「哎呀，你不要吵啦！惠恩，就算晚一點再找的那個什麼亞的應該也不會怎樣吧？你稍微等我一下，我最喜歡逛武器店了，只要兩、三個小時就好！」

「兩、兩三個小時？」

就在雪琳兩眼冒出愛心形狀的同時，惠恩則大驚失色。

「喂！你們兩個——對，就是你們，站在那裡有什麼事？」

充滿魄力的大嗓門，一下子就吸引住兩人的注意。

發話是一名年輕的獸人女子。嘴裡咬著竹葉，坐在高大的桶子上，一身焦糖色的健美皮膚，曲起一邊膝蓋，恣意地垂落另一隻腳，在半空中晃盪。

女子的穿著讓惠恩一時之間不知道眼睛該往哪裡擺，連雪琳也看得目瞪口呆。

雖然一路上已經見識到第六天魔族女性多麼地喜歡穿著輕、薄、短、少的衣料，但那些統統比不上眼前這名女子。

彷彿是在用全身氣勢吶喊著「那些全都不夠看！」，寬大的披風底下，兩座比雪琳還要雄偉的山峰，將那件薄到不行的比基尼撐到快破掉的程度，底下再配上一條短短的小熱褲，就這樣勉勉強強地達成了遮住身體的最低目標。

「我、我們是來找彌亞小姐的。」

在這種情況下，惠恩實在無法遵守正確的禮儀，正眼看著說話的對象。然而女子一點也不在意他結結巴巴的模樣，輕鬆地翹起了二郎腿。

「哦，要找姐姐是嗎，有什麼事？」

「咦，彌、彌亞小姐是令姐嗎？那麼請幫我們通報一下。」

「噗哈哈哈哈！」

聽到了惠恩的說詞，女子先是睜大眼睛愣了一下，接著爽朗地大笑出來。

「原來你們真的不認識姐姐啊？沒關係沒關係，那麼聽好啦！姐姐就是我，姐姐就是彌亞。」

「什……麼，妳就是妳姐姐嗎？」

惠恩和雪琳被搞得完全混亂了。

「噗哈哈哈，不是啦！你們不是在找彌亞嗎？就在你們面前啊！」

「您、您就是彌亞小姐？」

惠恩恍然大悟。

先前聽到老闆叫她「大姐」，惠恩還以為這位彌亞應該年紀很大了。可是不管怎麼看，這位彌亞別說是要做老闆的長輩了，做他女兒也綽綽有餘，說不定還不滿二十歲……這種年齡的少女，真的是可以自由調度整座西市場物資的重量級人物嗎？

嗯，若是純粹只看她胸前那對神物的話，的確也是貨真價實的重量級啦——不是這樣的吧，振作一點，別胡思亂想啊，惠恩！

「正是，行不改名，坐不改姓。有什麼事情姐姐可以替你們效勞啊？」

「姐……姐姐？」

惠恩被對方的氣勢壓了過去。

笑逐顏開的彌亞，以和其面色完全不相稱的凌厲眼神緊盯著惠恩，那完完全全就是一副肉食動物的眼神，不愧是久經商場的老練商人，和她頭頂上的獅子耳朵完全相襯。

在這種情況下，惠恩只能戰戰兢兢地開口：「這、這個，彌亞小姐，希望妳能提供給我們這些貨品。」

「讓姐姐看看。」

拿到清單的彌亞只是隨隨便便地瞥上一眼，接著就把羊皮紙丟到一旁。

「沒門。」

「為、為什麼？」

「聽好啦，小弟弟，現在啊，姐姐有很重要的工作要處理。」

彌亞指了指鐵匠鋪外的天空，惠恩與雪琳順著她的手指方向望去——

「那個是……」

寬廣街道的上方，有著穿過細繩的各色旗幟翩然飛揚，家家戶戶的屋頂上懸掛著的七彩流蘇彩帶，妍麗繽紛，令人目不暇給。

除此之外，還有一座比任何屋子都要高，裝飾著無數彩色緞帶的木造塔，身強力壯的男人們爬在塔的外側，拿起鐵鎚和釘子賣力敲打，發出了充滿節奏感的響亮音色。

「那個是為了『星見祭典』所做的準備啊！」

彌亞的聲音將他們拉回了眼前的現實。

「星見祭是第六天魔族傳統中最大的祭典，雖然因為戰爭的緣故已經好多年沒舉辦過了，不過這次可不一樣，為了讓祭典順利完成，所有西市場工匠街的師傅們都投入了作業。作為祭典委員會的總監督，姐姐有義務確保我們的物資能夠通暢地支援運作，所以不可能有多餘的分量賣給你們。」

配合著動作，那頭紅髮也跟著晃動。

「嗚呃……一點點也不能寬容嗎？拜託了，彌亞小姐。」

「……嘖！你們這樣纏人，就算是姐姐也會覺得很困擾的。」

「拜、拜託了……」

搔了搔頭，彌亞「呿」了一聲，讓視線稍稍轉下睨著藍髮少年。

「……」

「嗯？」惠恩不明所以。

彌亞一語不發，而後忽然轉頭。

「……老虎！」

老虎！這個名詞一入耳裡，雪琳的神經就像燃起了烽煙，身體比意識更快地攔到魔王的身前。

——騙、騙人吧！這裡怎麼會出現那種東西？

這個叫彌亞的，難不成是惱羞成怒，想叫猛獸出來吃掉他們？不不……這個想法未免也太荒謬了一點。雖然如此，雪琳還是提高警覺，預防從暗處跳出來的野獸。

片刻後，在他們的眼前出現了一隻虎斑貓，從不遠處悠悠哉哉地踱步而來。

「喵！」

「喔！來得可真快啊，老虎。」

「咦咦？」老、老虎……？

雪琳當下的表情不禁凍結了，張口結舌地望著這一幕。

虎斑貓來到銀髮少女的跟前，一派閒適地舔著腳尖。

「老虎，帶這位小姐妹到老喀薩那裡，問問看木材還有沒有多餘的料。」

「喵！」

「啊、啊？誰、誰去問誰？」

「當然不會是老虎去問吧！老虎只會喵喵叫而已。喂！妳知道該問些什麼嗎？」

「是問木材的存量對吧？」

「對、對，很好。這位小姐妹妳還滿機伶的嘛，有沒有興趣來我們這裡當祕書？」

「不，妳的好意我心領了。」

雪琳為難地拒絕了。

「喵！」老虎頻頻回頭，宛如在催促般地望了她好幾眼。

雪琳就在不明就裡的情況下追在虎斑貓身後離去了……咦，事態發展怎麼有點奇妙？

支開銀髮勇者後，彌亞的態度一下子就發生了轉變。

「……陛下。」

獅耳女郎從桶子上跳了下來，神色沉著地行了一個注目禮。

惠恩不禁露出苦笑。

「原來，妳早就認出來了？」

「哼哼，可不要小看了商人的情報網啊！雖說平民不准參加新皇登基大典，但是姐姐有個朋友的朋友的朋友是皇宮裡的侍衛，曾在典禮上見過您，他說您的特徵十分明顯，『無耳無尾的君王』，只要看過一遍，任誰都會記得。」

「嗯……嗯咳，關於這件事……」

「您不希望別人提起，對吧？姐姐明白啦，下次不會再犯。」

彌亞俏皮地吐著舌頭，搖了搖手指。即使是在魔王面前，依舊面不改色地自稱為「姐姐」，讓人不得不佩服其膽大包天的程度……或許算是身為工匠所具備的傲骨吧。

「不過，像您這樣顯赫的身分，平時應該都位於魔城埋首處理國家大事，忙得連打掃環境的時間都沒有才對，沒想到竟會御駕親臨，實在是誠惶誠恐。」

「哈、哈哈……關於這點。」

惠恩心虛地抓了抓後腦勺。

「平時的確都是在城裡忙啦……」

只不過剛好相反，都是忙著打掃第六天魔城的環境就是了……

不知道是否會錯了意，彌亞向他投來一副了然於胸的眼神。

「姐姐知道，您現在的狀況就是所謂的『微服出巡』吧！聽說前任魔王也常常瞞著路上把到的無知少女，把她們帶到暗暗的地方去做這樣那樣的事……」

「請、請等一下。」

都說到這種程度了，惠恩的頭上也不禁開始冒汗。

「冒昧一問，那個暗暗的地方是哪裡，還有所謂這樣那樣的事情是？」

「咦，不是抽皮鞭、綁繩子跟滴蠟油嗎？這隨便抓路上的小孩子都知道的事情，您也真是的，居然明知故問，呵呵呵呵……啊！還是說您其實喜歡這種玩法？」

「不、不是不是不是……等等，第六天魔王的形象到底都被傳成什麼樣子了啊？」

「所以囉，姐姐把那位小姐妹支開後，才敢向您晉見──附帶一提，若您有需要的話，旅館就在這條街後面走過去第二個轉角，姐姐這裡有休息兩小時的折價券……」

「不，我不需要那種東西。」

「咦，意思是您不只兩小時嗎……啊！您搖頭了，難、難道說，是根本用不到兩個小時？不會吧！」

「不、不……絕對不是，妳誤會了，我和雪琳不是那種關係，拜託不要再挖苦我了。」

惠恩的臉像是吃了一百萬根辣椒般爆紅，開始結結巴巴連話都說不好。彌亞看了則是被他這副模樣逗得捧腹大笑。

「嗚哈哈哈哈……姐姐遵旨。」

跟她說話還真是累人。惠恩覺得自己簡直被玩弄在手掌心，乏力地垮下肩膀。

「彌亞小姐，請妳說話不需要對我這麼客氣。」

「這是御令嗎……說得也是，姐姐聽說陛下在不久前也和我們一樣住在貧民區。那麼，姐姐就不客氣了。」

說不客氣就果真不客氣！彌亞大剌剌地抱著胸口，腳掌踏起了不耐煩的節拍，每當她一急躁的同時，那對過大的胸脯就會不停上下晃動，讓惠恩不知道目光該往哪裡擺。

「有件事姐姐可沒有騙你，我們的物資是真的很短缺。西市場的商家雖然不像東市場的背後有著財力雄厚的名族撐腰，但是骨氣可不會少，這『星見祭』只許成功不許失敗。」

這是戰鬥啊，是戰鬥！彌亞熱情洋溢地如此高喊。

「那些物資，並非不可以提供給您。」

「可、可是，妳剛剛不是才說過物資不夠嗎？」

獅耳女郎的眼底閃過一絲狡黠的光芒。

「嘿嘿！所謂的商品啊，就是要拿來賣的。不拿出來和人流通、交易，講到更好的價錢，再好的商品就跟垃圾沒兩樣。現在的我，有把握用這些物資換取更高的利益。」

彌亞拍著大腿，露出徹徹底底是奸商的賊笑，盯得惠恩猛吞口水，猶如被獅子所盯上的小羊般忐忑。

「姐姐啊，直白地說，就是想把陛下您也抓進來摻一腳呢！」

彌亞虎視眈眈地對惠恩舔著上嘴唇。這絕對、絕對是想把自己吃乾抹淨啊！惠恩的額頭上瘋狂冒汗。

「彌、彌亞小姐，關於這件事……」

看著欲言又止的少年，彌亞不禁心生疑惑。

懷著有如暴風雨的海洋般洶湧的心情，他將名族密謀開發土地的計畫一五一十地告訴了對方。

「……什？」

聽完之後的彌亞張口結舌，落下嘴裡的竹籤。

「……豈有此理！」

瞬間，獅耳女郎勃然大怒。

砰！她重重敲了身旁的木桶一拳，巨大聲響立即引來了店裡其他人的側目。彌亞輕咳幾聲，隨即恢復了鎮定。

「為什麼會發生這種事？」

「抱、抱歉，都是因為我的能力不足……」

「不！我並沒有在怪罪陛下，但、但是名族混蛋們也太胡作非為了吧？難道他們不知道，為了這次的祭典，所有人都賭上了性命嗎？」

彌亞焦躁地撇過頭怒吼，隨著重重的鼻息呼出，胸脯和雙肩也一齊晃動，似是在強迫自己冷靜。

「一定要想出辦法阻止那群老混蛋！」

「嗯……可是，一時之間也想不到怎麼做。」

「難道就沒有什麼能嚇阻得了他們嗎？」

「咦，妳剛剛是說了……嚇阻嗎？對了！」

彌亞嚇了一跳，惠恩忽然抬起頭，用很大的聲音喊著。

「既然如此，我們就來個順水推舟吧！」

摩拳擦掌，惠恩露出了猶如賭徒拿到一手好牌時的笑容，眼裡再次熊熊燃燒起旺盛的鬥志。

「名族們看準了貧民窟蕭條又欠缺凝聚力的現況，認為我們絕不會反抗，因此有恃無恐……若是大家能團結合作，讓他們好好見識一下眾人的潛力，對方肯定就不敢再為所欲為了。現在這個機會剛好有——」

惠恩手指屋外，聰慧的彌亞一望便立刻得知了惠恩的想法。

「喔喔，沒錯，就是這樣——來吧！一場史無前例、史詩級的、幻想級的盛大星見祭典，越是熱鬧精彩，越能讓那些傢伙不敢小覷了咱們啊！」

「但、但是……」惠恩苦惱地搖了搖頭。

「雖然方向有了，具體又該怎麼做……」

「這點包在姐姐身上！」

彌亞信心十足地拍拍胸脯，眼珠子一轉。

「但是，這個計畫必須要請陛下配合才行。」

「儘管說吧！只要我力所能及，一定義不容辭。」

惠恩亮起目光，一副躍躍欲試的神情——然而當他看見彌亞那副壞笑的嘴臉時，卻開始感到不安起來。

「那個……彌亞小姐，妳該不會是想害我吧？」

「怎麼會？陛下，星見祭那天，你就來當咱們西市場的神祕貴賓吧！」

「什麼？」

「請讓我解釋一下，陛下。」

遠遠超出惠恩想像的瘋狂計畫，令他瞠目結舌。

彌亞趕緊安撫快要發瘋的惠恩，並且耐心地向他解說：

「一個祭典想要獲得大家的注意，除了比創意、比商品、比商人攬客的本事和工匠的本領外，最重要的還是比熱鬧、比氣氛——一旦看見了有趣的東西，人群就會自然而然地往那邊走。如果想要把氣氛炒起來，就看參與的人名氣夠不夠大、夠不夠有話題——對於第六天魔族而言，還有誰比你更具話題性呢？你一定可以成為史上最重量級的嘉賓！」

「這、這……這有可能嗎？」

「就要看陛下的能力了，可是要拯救西市場……不，是整個貧民窟，就只剩這個辦法了。」

獅耳女郎表情認真地直盯著惠恩，像是在問：難道你要在這個時候打退堂鼓？

「我……」惠恩吞吞吐吐地張開嘴巴，雙眼圓睜，似乎正被劇烈的衝擊弄得困惑不已——可是，就連那抹猶疑也只不過持續了片刻。

答案早就清楚了，不是嗎？

止住微晃的身軀，同時也代表消除了迷惘，在抬起的藍色瞳眸中，閃耀出背水一戰的堅定意志。

「彌亞小姐，如果能夠幫得上忙，還請儘管吩咐！」

「哦哦！下定決心了嗎？」

「是的。」

彌亞忍不住搖頭驚嘆。

「你居然肯為了咱們做到這種地步……這下姐姐真的無話可說了。陛下，在這個世界上，您可是姐姐知道的唯一一個會同情老百姓的痛苦，甚至奮不顧身地去幫助他們的國王吶！」

凝視彌亞澄淨無瑕的雙眼，惠恩啞口無言地張大了嘴。獅耳女郎抱起胸露出淡淡一笑。

「請放心，陛下要的貨物，姐姐會準時派人送過去的。」

Unemployed Heroine and Devil's Guard
ch.5 銀色神風的戰士

「咦，所以，你們已經談完了嗎？」

回到現場的雪琳，得知惠恩與彌亞達成協議後，露出了倍感詫異的表情。

「是啊。」

「你……到底是用了什麼魔法？」

「……也沒什麼啦！總之，我答應了一些事。」

惠恩舉起右手輕輕搔刮後頸，含糊其詞地帶了過去。

「接下來只要等彌亞小姐把金額估算完，事情就算告一段落了。」

銀髮少女點了點頭，兩人將視線拉回趴在桶子上、奮力與眾多數字展開一戰的工匠總監。

「真是的……我的天啊！」

黑皮膚女郎低頭猛抓後腦勺，發出一陣不滿的咕噥。

「雖然說已經答應好了，你確定不是在給姐姐找麻煩嗎？石材、木料、新的掛氈與地毯，還有追加排水系統設計圖……敢情你們住的地方鬧水災？」

帕思莉亞……

惠恩和雪琳互望了一眼，同時露出苦澀的乾笑。

「哈哈哈哈……」

「金額大致上算出來了。因為您是大主顧，所以貨到再付款就可以了。」

彌亞龍飛鳳舞地在單據上簽名，惠恩則是恭恭敬敬地收好。

「那麼，既然事情辦完了，我們就此告辭。」

「咦，老闆，這麼早就要回去了嗎?天色還這麼早，不多逛幾圈再走，太可惜了吧！」

「唔……雖然很想多逛一下，不過我們還有事情要調查。」

彌亞表情訝異地望向惠恩，後者於是說起稍早發生在市場上的那起事件。

「……原來是這麼回事啊？」

「那幫惹事生非的傢伙，講得難聽一點，就是不學無術的小混混！」

稍後，得知了事件始末的彌亞微微撇嘴，露出了不以為然的神情。

「他們是什麼來歷？」

「那些傢伙，是軍人，正確地來說，是被裁撤掉的軍人。」

「咦？」

「讓那些傢伙大搖大擺地在西市場的路上閒逛，實在是咱們的恥辱……不過礙於現在星見祭時間緊迫，所以沒空搭理他們。」

彌亞沉痛地回答，然後開始說明。

原來在戰爭結束後，魔族不再需要那麼龐大的兵力，所以進行了大規模的縮編與裁軍。

這些從軍隊裡被趕出來的戰士們，如果不能復歸於社會或是原本的職業場所，只好變成無所事事、在鄉里街坊上虛擲光陰的廢人。

「本來，軍人就是吃國家的飯，用不著那麼多人的時候，當然是少一點對財政負擔比較好。你們不用擔心，那些傢伙在軍隊裡頭是個廢物，出來混以後也別想有什麼可看性。」

不過……彌亞話鋒一轉。

「不過，只有一種人，你們最好小心一點。」

「什麼人？」

「你們知道一旦不再打仗，最先被軍隊踢出來的是哪一種人嗎？」

雪琳和惠恩同時搖了搖頭，彌亞接著豎起手指。

「第一種是實力不夠的米蟲，第二種就是危險到不能再危險了的傢伙了！」

實力不足的傢伙，去到哪裡都會優先被淘汰，這點自然不用說。有問題的是第二種，危險性高到連自己人都覺得畏懼，實力堅強卻又無法控制，一旦缺乏可以讓他們發洩過度高漲暴力欲望的敵人時，這些人反而會變成為危害自軍安全的恐怖爆彈。

「雖然是有些多管閒事，不過姐姐還是要問一下，那群小混混裡頭有沒有特別強大的傢伙在？」

「應該沒有吧。」

惠恩搖了搖頭。其實就算有，憑他的程度也辨識不出來，不過，聽到了這樣的回答則讓彌亞露出了滿意的神色。

「既然如此，你們人在西市場，凡事都有姐姐罩著，沒什麼好擔憂的。」

西市場工匠街的總監督拍著胸脯，做出了豪氣的保證。引得惠恩向她投去欽佩至極的目光。

可是從剛才開始，雪琳始終在旁沉吟不語。

銀髮少女將一隻手肘靠在大木桶上撐著下巴，另一隻手的手指則下意識地靠在桶子邊緣敲打。

那是在聽見了彌亞的問句後，內心深處掀起的一點小小漣漪。

——沒有值得在意的傢伙……真的只是這樣嗎？

那個人……

不是可那個長著山豬耳朵的蠢蛋，而是另一個——有著鬣狗耳朵，其貌不揚，外觀普通到根本不會有人注意到的傢伙。

輕描淡寫地將自己與伙伴分開。

普通人怎麼可能做得到？

要拉開「勇者」級的握力，少說也要具有能與雪琳匹敵的實力才行，絕對不可能是整天蹲在路邊遊手好閒的小角色。

那傢伙……很危險。身為戰士的直覺肯定不會出錯。

「好啦！」

彌亞快活地拍了拍雪琳的肩膀，並用像是要掃除陰霾般輕快的語氣勸道：

「聽姐姐的，四處逛逛再回去吧，市集裡可是有好多新鮮有趣的玩意在向你們招手呢！」

接著又低下聲音。

「陛下，請別忘記您的承諾。」

「……我知道了，彌亞小姐……那，雪琳，我們回家吧！」

「欸……可是……」

惠恩苦笑著被活潑爽朗的黑皮膚女子送出門，雪琳卻仍對一屋子琳瑯滿目的鎧甲、武器感到依依不捨。

「回去的路上，我會買東西給妳吃喔！」

「咦，真的嗎？萬歲——嗯、嗯咳，我是說，時候不早了，的確也該回家了啊！」

「哈哈哈哈……」

兩人就此揮別「劍與驢子」鐵匠鋪。

被染上一片赭霞的天空。

彷佛是厭倦了一成不變的淺藍色調，把天空當作自己畫布的偉大藝術家，開始以金黃色調為世界塗抹熱情的色彩。

宣告了慵懶的白晝午後即將結束，沿著山脈的稜線，夕陽在每座山頭都繡上了金邊，城市也沈浸在橙色的光線裡頭，猶如撒滿了金粉。

然而無視於日升月降，第六天魔城內唯有一個地方終年晦暗。

惠恩與雪琳，已是買完晚餐材料準備離開西市場了。

大約從西市場北端向城門口的方向再走十來分鐘路程，沿著一條雪琳完全陌生的道路，他們進入一處更廣大的區域。

古時候叫做卡斯里米亞，或者叫做下河區，但現在大多數人都喜歡稱呼它的另一個名字——貧民窟。

彷佛就連風到了這裡都突然變得死氣沉沉，街道髒汙凌亂，滿布塵埃，兩側破舊矮小的房舍看起來垂頭喪氣。

「這是什麼壓抑的地方啊！」

默默地走了一陣子後，雪琳終於忍不住開口：

「雖然還沒到晚上，不過也安靜得太過分了吧？這裡的人都死了嗎？」

確實，一點也感受不到生氣。

耳際除了風聲的喧囂，就只有一扇半掩的破窗，懸在半空中吟唱不成調的悲曲，那是令人想要抱起肩膀的寂寞氣氛。

如果曾經見識過大道上的熱鬧景象，根本無法認為這兩者位於同一個城市。適才經過的西市場，雖然老舊，至少人們還有著旺盛的活力——然而就連與那樣的場景相比都快要是兩個世界。

「因為這裡是戰爭所留下的黑暗面啊。」

惠恩聲音空虛地傳來，似乎每一字吐出口都要花費極大力氣。

「在戰爭中流離失所，無家可歸的人，最後都會聚集到這裡來。」

浮雲緩緩飄過，站在無比哀愁的街道裡，似乎聽得見胸腔內拚命躍動的心跳聲變得越來越大。

一點變化也沒有。

伸手所碰觸的灰泥壁面，觸感和記憶裡的樣式分毫不差。離開這裡快一年了，一切絲毫沒有改變，時間像是完全凍結了。

如果敏銳地觀察，會發現堪稱廢墟的建築物間，悄悄顯露著無數雙混雜好奇跟畏懼的眼睛。這裡的居民已經忘了什麼是勇氣，他們只是消極地希望外來者趕快消失。

「惠恩，你看……」

馬路中央，一名吸吮著手指頭的小男孩睜大眼盯著兩名陌生人。他似乎嚇呆了。

「對、對不起！」

隨即，從廢墟中衝出一名小小少女，緊緊抓住弟弟的肩膀，好像深怕會不小心惹怒他們似的。

小女孩用驚恐的聲音說：「名……名族的大、大人，請原諒我們，我們馬上離開！」

「慢著！」

正當小女孩想帶著弟弟逃走時，惠恩叫住了他們。

「你們不用害怕，我們不是壞名族。」

惠恩盡全力露出了友善的微笑，從口袋裡頭掏呀掏的，找出了幾塊餅乾並朝他們招手。

「乖，這些餅乾給你們吃，來吧！」

小女孩放開弟弟，一步步怯生生地靠近，然後咻一聲地衝上前，搶走餅乾，再抓著弟弟的手躲回陰影處。

望著小姐弟倉皇逃開的背影，惠恩的動作還有臉上的笑容凝結了。

——那模樣和記憶中的自己彷彿重疊。胸中有著什麼東西破碎的響聲，緊接著是一股刺痛……心裡面的某處被狠狠地劃傷。

「惠、惠恩……？」

察覺到藍髮魔王不對勁的雪琳抬起了頭。

「雪琳，妳知道自從我成了魔王後，最大的心願是什麼嗎？」

惠恩突然開口。

「在貧民窟中長大成人的我，始終期盼有朝一日能夠看見這個悲劇源頭消失。」

放眼望去皆是一片破敗，這真是……惠恩始終無法理解，戰爭究竟滿足了什麼？

雖然魔王還有名族不停歌頌戰爭的偉大，最後的苦痛卻是由底層的人民承擔。

「妳相信嗎？我曾聽長輩們說過，貧民窟一開始也不是這樣子的，在很久以前，這裡也曾是富裕繁榮的區域，卻因為漫長的戰事而逐漸凋敝，到後來人們終於失去了希望。」

他晃著肩膀，聲音悄悄變弱。

「原本我以為將統治的權力交給名族，就可以期待他們帶領人們重新振作。可是妳看——」

手指的前方，那是用言語形容都會讓人心痛的景象，惠恩沒辦法好好地整理情緒，他的聲音中出現了顫抖。

「這裡依舊毫無變化，仍在原地踏步……恐怕西市場能有今天的活力也不是名族們的功勞，而是靠著彌亞小姐與商人工匠們的努力吧！」

鬆開又再次抿緊，薄薄的嘴唇微微扭曲。

複雜的悔恨，洶湧的不甘，交織令少年握緊拳尖，吐著沉重的氣息，然後坦承：

「我……我和彌亞小姐討論了一個計畫，我們會一起讓這次的星見祭成為前所未有的盛大祭典，這次將成為喚醒眾人的開端……不單要讓人們注意到貧民窟的存在，更要讓住在這裡的人民知道，他們也辦得到。」

昂起頭顱，神色嚮往，一眺前方。

「只要抬頭挺胸，就辦得到。我們不該遭受……沒有人應該遭受別人輕賤的對待，無論是誰都該擁有力量與尊嚴。」

「……」

「我們必須贏得這場……屬於自己的戰鬥。」

冷不防聽見這樣的話後，銀髮少女帶著恍然大悟的表情，直挺挺地愣在那裡。

「原來如此。」

「咦？」

原來如此，那天晚上沒得出來的答案，終於得出來了。

「必須去戰鬥。」

「雪、雪琳……妳在說什麼？」

惠恩慌慌張張地眨著眼，然而她只是閉上眼，搖了搖頭，浮現在她臉上的是一股有些遺憾的神色。

「有些討厭的傢伙來了……沒什麼，惠恩，只是我終於消除了自己的迷惘而已。即使你不是戰士，也有屬於你的戰鬥方式，那我呢……」

也一定會有！

只不過是換了個戰場，換了個目標，換了個身分而已——這一切都不會對「我」的本質產生妨礙。

只要一天還存有著必須挑戰的對象，「我」就是個戰士！

「沒想到我居然還會因為這種『嫉妒』所困擾而睡不好覺啊！但是，再也不可能了……而為了慶祝這樣的重生，就拿你們這些人來打打牙祭好了。」

銀髮少女露出了殘忍的表情，微笑著掀起嘴角。

「退後！」

「是、是的。」

——她則是要來完成她的工作！這句話雪琳並沒有說出口。

她推開惠恩，來到小路的正中央站定。

很快地，就像打了信號般，老早就偷偷跟隨在後的男人們一一現身了。她認出了帶頭的人的相貌，就是稍早和他們發生衝突的那名山豬耳朵大漢。

「來尋仇的嗎？」

……該來的總是會來的。

雖然有些不快，此時的雪琳無論身心皆早已做好了準備。

「嘿嘿，我們還真是有緣啊。」

「是個不怎麼讓人愉快的緣分……不過我說你啊，還學不會教訓嗎？」

「妳知道嗎，像妳這樣漂亮的女人獨自來到這種地方是很危險的。」

「承蒙稱讚與關心，不過我並不是一個人。」

山豬耳大漢露出危險的目光朝惠恩瞥了一眼，然後說：

「妳放心，妳很快就會是一個人了……到時候我會接受妳，然後盡情玩弄，直到把妳玩厭了為止，嘿嘿嘿嘿……」

接著，大漢目中無人地擺了擺手，背後的同伙們接二連三地掏出了武器。從每個人身上都穿戴著的輕裝甲來看，怎樣都不像是善良市民能夠弄到的東西。

「原來如此……是從軍隊裡頭被放逐出來的浪人吧？不過你們只能算是第一種。」無用的廢人。

對方當然聽不懂雪琳話語裡頭的譏諷之意，不過她並不在意。

銀髮少女吊起了天青色的雙眸。

「滾，或是放馬過來吧！」

「妳說什麼？」

「不要再讓我說第二次，你們這些小混混。我不想見到你們的臉，所以你只有兩個選擇，背對我，或者是把臉貼到地上去——當然後面那件事，我很樂意替你們效勞。」

「大言不慚的女人，妳會後悔這句話！」

山豬耳大漢一聽之後愀然變色，抬起凶暴的面孔，揮動手臂大喊：

「都給我上！」

一聲號令之下，成群的獸人男性同時高舉武器，放聲喧譁著並前仆後繼地衝向雪琳。

雪琳面無懼色，她先俐落地閃過第一個人劈來的短刀，連看也不看，對著失去平衡的對手便是一記延髓斬；緊接著，銀髮飄動，人已竄上半空，一個毫不拖泥帶水的迴旋踢，直接擊碎第二個人的下巴，首當其衝的貂族男子就這樣身軀軟綿綿地倒下。

「喝啊啊啊啊！」

「哇呀呀呀呀——」

短劍與柴斧一左一右朝她襲來，雪琳側身，抓住斧柄，強奪而過，將持斧者推向銳利的劍鋒，對方發出淒厲慘叫，整張臉直接撞上刀刃，而趁著持劍者一陣錯愕之際，雪琳也不忘將柴斧送進那個人的大腿。

回身，兩把短戟與貓爪接連攻上，這次的對手有三個人！銀髮少女覷準對方攻擊的隙縫，以高超體術撕裂對手的陣形，逼使獸人們的臉上浮現出既驚恐又慌亂的表情。

對方總數也不過十來個，照著這樣的態勢，不到三兩下就能全部打倒了。

「還有什麼本領，儘管展現吧！」

挑戰的怒吼聲，爆裂！

「這……這就是雪琳小姐的真正實力嗎？」

望著眼前的這一幕，惠恩的雙眼驚愕地睜大。

她從容自如，在敵陣之中穿梭、打擊，任斗篷翻飛，化作翩然迅電，輕靈矯健的身影，是任何武器都捕捉不到的。

宛如一陣風，宛如神風。

宛如高山深谷中激昂怒雪的銀嵐。

掀起波瀾，恍若驚濤拍岸的怒吼。

……太、太厲害了！

雖然早就知道自己對她深深著迷。

但是……

豔羨、崇拜地追隨著她的身影的同時，卻又清晰地感覺到，那人距離自己，是多麼地遙遠啊！

「唔、唔喔！好厲害！」

此刻彷彿遭受電擊的人，不是只有惠恩。

目睹了雪琳勇猛如虎的英姿，惡棍們陷入手足無措的混亂狀態，不消片刻，這幫人便已戰意全失。

「笨蛋！不要光顧跟女人玩，後面——還有後面那個臭小鬼啊！給我宰掉他！」

在一旁督陣的山豬耳大漢怪叫著大喊。

「什……」

雪琳面色一寒，飛快地轉過頭。

受到提點的惡棍彷彿大夢初醒，轉頭，站在路旁的藍髮少年對於自己忽然成為眾人目標，露出錯愕的神色。

「對，就是他！」

「斃了他，斃了他拿獎賞！」

什、什麼獎賞？啊！不好了！

下一瞬間，拿著短刀與棍棒的男人朝惠恩疾衝而去。雪琳急於突圍破陣，可是她的對手們突然像發了瘋般死命纏住她。

「混蛋，不要妨礙我！」

雪琳發出怒吼，想強行以蠻力破陣，就在那瞬間，一股不祥預感猝然襲擊心頭。

那是久經沙場生死邊緣的戰士，才得以磨礪出的超直覺第六感！

不到百分之一秒的時間推移，周圍景物全都靜止。雪琳的視線從遠遠地拋向惠恩，轉而移到自己身下。

對上一道狡猾的視線。

對方也露出「哎呀，被妳抓到了呢！」般的奸詐微笑，彷彿在埋怨自己的大意。

——好傢伙，演技居然這麼高超，差一點連我也騙了過去。

要不是對方在最後一刻放鬆了戒備，顯露出「殺氣」，雪琳的身體也許就會在下一秒間被分為兩半。

他從戰鬥一開始便一直倒在地上裝作昏死的模樣，其實是在準備出其不意地偷襲。長著鬣狗耳朵的瘦小男人，也是這群烏合之眾中唯一讓雪琳忌憚的存在。

可惡，要來不及了嗎？

在旁人看來急如眨眼的一瞬間，對交戰中的兩人卻有如慢放，鋒利的短劍正逼向雪琳的胸膛，再慢個半秒，利刃將送入血肉，切斷肋骨，就連心臟也會被剖開。

雪琳收縮瞳孔，集中起最強的反應速度，在電光石火之間——

啪啊！

高手的對決只在一瞬，所有人都看不清楚怎麼回事，凶猛的白光高唱起綻破的頌歌，大地瞬間爆裂，緊接著便是埃塵蔽天。

「嗯哼哼哼哼！」

「喔啊啊啊啊！」

短兵交接，金鐵悲鳴，人聲咆哮，血花飛濺！

數不清的武器交錯聲響彈奏出雜亂的樂章，傾刻奏完全部，在旁人聽起來彷彿只在須臾一瞬，然而生死凶險是確實交鋒著。

所有人都站著不動，不知道那團暴烈的熾焰中究竟發生什麼事。隨著漫天塵煙逐漸平息，已然不見鬣狗耳男子的蹤影。

唯獨雪琳仍彎低身體，垂下髮絲，遮住面容，佇立戰場中央。

有樣與那先前一秒截然不同的某樣光景吸引著眾人視線。

——奪來的短劍，在那閃耀寒冷光亮的鋒刃上一點一滴流下豔紅鮮血。

「把我逼到這一步，」垂下高高舉起的手臂，少女冷冽地開口了，「你們已經做好再也沒辦法繼續走路的覺悟了嗎？」

從披散銀髮間透露出來的眼神，連北國的冰風都為之遜色，如同能把一個人的靈魂徹底凍結。雪琳光用這份氣勢便震懾住周遭的對手，趁著獸人們驚魂未定之際，銀髮少女重踹地面，發起疾奔。

目標，是攻擊惠恩的兩名敵人。

「咦咦？」

迅掠漆黑大地的銀白神風，眨眼間就弭平了雙方之間長達十數肘的距離，兩人的面孔迅速轉為蒼白，還來不及高舉武器應敵，便雙雙被砍翻在地。

「嗚哇、嗚啊啊啊啊！」

「太、太可怕了啊啊啊啊啊啊！」

眼見雪琳大發神威，惡棍們差點沒雙膝一軟跪了下來，緊接著，控制不了身體顫抖的他們，做出了最正確的決定。

「喂，你、你們幹什麼，快給我回來！」

「哇啊啊啊啊啊——」

儘管山豬耳大漢再怎麼暴跳如雷，也無法阻止同伙們以最快的速度逃離現場。砰咚！砰咚！憤怒的大劍擂擊地面的聲響，被啪搭啪搭的腳步聲淹沒。大漢面紅耳赤，渾然沒察覺到覆蓋在自己身上的陰影。

等等，陰影？

他慌慌張張地轉過身。

只見雪琳不知何時已來到身後，一臉肅殺。

「嗚噢！」

高大魁梧的身軀發出了與其極不相稱的軟弱尖叫，胡亂揮動著武器後退。

明明對方的身材比自己矮小不少，又是女性，為何散發著這等強大的壓迫感？他無法理解。

「把握你最後的機會，攻過來吧！」

差點連大劍都要鬆手落地，全身籠罩在對方的目光下，山豬耳大漢感覺自己就像無處可逃的籠中之鳥。就在這一刻，他意識到宣判自己死刑的木槌已然定音。

「妳、妳到底是誰？妳也是戰士嗎，為什麼我從來沒見過妳噢噢噢噢！」

大漢握劍的手臂和抽筋老人沒什麼兩樣。

顫抖的視線完全喪失戰意……眼前的貓耳女，在他眼底早已非是同族，而是死神的化身。

「……竟然說『也』，你這沒種的模樣，也敢自以為是戰士？真是難看，像你這種傢伙，只是個去到哪裡都被人淘汰的渣漬，如果還想保留最後的尊嚴，就快點拿起劍！」

「咕、咕哇啊啊啊啊啊啊啊啊啊啊啊啊啊！」

飽含恐懼的高喊聲，大漢握緊巨劍高舉過頭，絕望地撲向銀髮少女。

Unemployed Heroine and Devil's Guard

ch.6 讓人瑟瑟發抖的色色天魔王，來襲！

「我們回來了。」

「你們回來啦……哎呀！」

坐在餐桌前的帕思莉亞聽見腳步聲，抬起頭正準備迎接歸來的兩人，然而正當她跳下座椅，興高采烈地奔向惠恩身旁之際——

「喂！妳幹什麼？無禮的傢伙！」

嬌小的身軀卻被銀髮少女輕鬆地拎起，雪琳不顧帕思莉亞的抗議，將她扔進廚房。

「快點去準備，我們肚子餓了。」

「可、可是我還沒有洗米……」

「哦，所以說，妳就這樣巴巴地等著魔王大人回來做飯給妳吃嗎，大總管？」

雪琳挑眉問道，帕思莉亞的臉頰旋即飛上兩朵紅雲。

「別、別胡說八道了，要我做出一桌色香味俱全的飯、飯菜來，也是不成問題的，給我洗乾脖子等著！」

帕思莉亞轉身就要回房間去拿料理書。

「不用了，我們已經買好材料回來了，帕思莉亞。」

「那、那起碼讓人家去準備刀叉跟盤子吧！」

「這、這個嘛……妳不如去幫我們把椅子拉出來好嗎？」

「嗚！惠恩大人，難、難得人家想要表現一下的。」

「這、這就不必了吧，哈哈……」

「才剛下完排水系統的訂單，如果馬上又要追加新的廚房設備，彌亞小姐會哭死的喔！」

「臭女人，妳這是什麼意思？」

帕思莉亞氣鼓鼓地脹起腮幫子，還把眼睛瞪大到不能再大的程度，但是一點也起不了效果。不管怎樣，她還是乖乖地沒有妨礙惠恩做菜，經過了一小段期間，惠恩果然不負眾望地變出一頓美味豐盛的晚餐。

端上餐桌的美食有烤得微焦、滴出香嫩肉汁的豬腳，佐以又酸又甜的柳橙醬，裹著生菜、雞肉片然後再沾上糖霜或撒鹽來食用的墨西哥式薄餅，塗覆辣味醬汁的鮮蒸河魚及以什錦豆類配合米、麥快炒製成的雜食，雖然說不上是山珍海味，但也是一桌別具第六天魔族地方風味的饗宴。

吃過晚餐，眾人無限幸福地摸著脹得滾滾的肚皮，先把碗盤推到一邊，倒杯飲料，開始討論關於今天所發生的事。

惠恩先把和彌亞之間的約定告知兩人。

砰咚！

結果，在聽完了惠恩的說明之後，帕思莉亞做出了很不得了的劇烈反應。

「哎呀！惠恩大人，您怎麼做出這種事情，真是的，害帕思莉亞的牛奶都打翻了。」

兔耳少女一邊若無其事地說著，一邊將倒掉的杯子扶了起來。順帶一提，除了她之外，剩下兩個人杯子裡裝的都是溢滿香氣的紅茶。

「不，那個……帕思莉亞，就算惠恩什麼事也沒做，妳也還是會把事情搞砸吧！雖然我跟妳認識不久，這點程度的瞭解還是有的。」

「人類乳牛，妳閉嘴！」

帕思莉亞惡狠狠地回瞪了雪琳一眼，然後更加用力地擦起桌子。

「哈哈，妳們不要吵架嘛！總而言之，星見祭的那天晚上……」

「回絕吧，惠恩大人！」

「！」

藍髮少年的話還沒說完，便遭到魔城總管激烈地打斷。

「現在回絕還來得及吧？不管是要道歉、賠錢，還是要叫人類乳牛過去下跪，都得把這件事情回絕！」

「為什麼我非得去下跪不可啊？」

「安靜一點！難道要讓惠恩大人承受這種羞辱嗎？妳就用妳那過大的胸脯掛上『對

不起，請盡情揉爆我吧！』的牌子，哭哭啼啼地跪下道歉，說不定還可以博取對方的同情。」

「我才不做那種事！話說，妳皮又在癢了吧，帕思莉亞，妳的記性這麼不好，今天早上的事情已經全部忘光光了是嗎？」

「嗚呃！」

面對著雪琳，小兔子心懷畏懼地縮成了一團。

「玩笑話就到此為止，不過，妳一定是有什麼理由才會反對的吧？」

「惠恩大人，請不要忘了，您和元老院之間的『誓約』啊。」

「嗯……」

雖然惠恩輕輕地避開了帕思莉亞的視線，但顯然地，他知道帕思莉亞在說些什麼，如此沉吟不定的曖昧態度便是證據。

「誓約……那是什麼？」

「誓約就是魔王陛下與元老院之間的協議。惠恩大人在將統治的權力和平移轉給元老院時，雙方也就彼此日後必須互相遵守的事項做了一番整理。」

帕思莉亞開始向不知道事情概況的雪琳進行說明。

所謂「協議」的過程，用白話文講就是討價還價——當惠恩開口要求和人類王國停戰，他們便要求魔王交出統治權；緊接著惠恩希望他們承諾施政將以人民福祉為依據，他們又得寸進尺，威脅惠恩不准再出現於子民的面前……

種種發言，完全找不出一絲「忠誠於魔王皇室」的模樣，這才是名族醜惡的真面目。過去他們被壓抑在實力超強的上代第六天魔王腳底，等待著發難的這一天不知道有多久了，現在終於逮到機會，竟也絲毫顧不得吃相。

帕思莉亞說著這些事時，臉上表情非常氣憤，就像對於名族們的所作所為感到非常不齒。她口沫橫飛，把所有名族統統罵了個遍。

「總而言之，『誓約』的其中一項內容便是關於『魔王不得出現於公開場合』……事先聲明，惠恩大人是我所承認的唯一一位魔王，我對他的忠心絕不改變。但是，維持魔城一切運作的資金仍掌握在元老院手裡，要是不想喝西北風的話，就別想違背他們。」

人在屋簷下，不得不低頭——夾於現實與忠誠間兩難的帕思莉亞，深切地感受著唯有身為魔城大總管的無奈。

「聽起來，這群元老院的人倒不是什麼好東西。」

在聽聞帕思莉亞所揭露的事實真相後，雪琳因為這群人的肆無忌憚而感到咋舌。

「他們一直千方百計想抓住惠恩大人的把柄，所以我們總是小心翼翼，避免落人口實。」

「咦，妳說把柄……為什麼，惠恩都算是失勢的魔王了，元老院還有必要繼續針對他嗎？」

「這都是因為『天幕』的關係啊！」

從帕思莉亞口中又吐出了一個雪琳從沒聽過的名詞。

「天幕？那是什麼？」

「什麼，妳居然不知道？」

這一次，換成帕思莉亞瞠目結舌，看起來比雪琳更加訝異。

「等等，妳不知道天幕的存在，那妳是怎麼進入第六天魔境的？」

「咦，就……就度過國境走進來啊，有什麼不對嗎？」

帕思莉亞以銳利的視線緊盯著銀髮勇者，片刻，緊鎖的眉頭漸漸舒緩，掀起一側嘴角，說道：

「妳這傢伙，肯定是不經過邊境關哨偷渡進來的吧！真是走了好狗運，居然沒有遇上人數限制的阻撓。」

——那是當然，畢竟雪琳當初來此的目的就是為了刺殺魔王，哪有可能大搖大擺地通過檢查關哨？不過，帕思莉亞方才所說的人數限制又是什麼？

「所謂的『天幕』……給我聽好了，雖然這種事我本來不想告訴妳這個外族，既然妳作為惠恩大人的護衛，有些事情便不可不明白。」

帕思莉亞臉上神情變得無比認真。雪琳也點了點頭，豎起耳朵以防漏聽了接下來對方所說的每個字句。

「天幕是惠恩大人唯一繼承的魔王之力……在第六天魔王所握有的無數種力量中，其中有一種，能夠封鎖第六天魔境對外聯繫的自由。上代魔王不曾使用過這種力量，所以大家對它並不瞭解，可是如今惠恩大人則是以此對魔境全境下達了不可抗拒的禁制，每天只能讓三百名魔族或人類通過。」

「超過三百個人會怎麼樣？」

「過不去……這片土地會拒絕妳，妳連一根毛髮都進不來。話說回來，既然妳是偷渡進第六天魔境的，那就代表當天有某個倒楣鬼因為妳的緣故而無法入境。」

「咦，原來你還有這種魔法？」

「……不，這並不是魔法。」

藍髮少年別開了滿載無奈的視線，輕輕嘆了口氣。

「這也沒辦法，我不希望見到元老院裡的某些人背棄承諾，再次和人類王國開戰。」

「每日三百人的限制——妳仔細想想便可以明白吧，天幕是惠恩大人對元老院中某些主戰分子所下的緊箍咒。若想要集結一支能夠與人類王國作戰的軍隊，保守估計也要三萬人，換算起來至少得花一百天……這麼長的時間裡，那些頻繁注意邊境動態的人類王國有可能完全不做準備嗎？天幕的存在讓第六天魔境免於遭受攻擊，同時也斷絕了對外侵略的可能性。」

「而元老院內的那些主戰分子，想當然爾要把天幕破壞掉囉？」

「沒錯。」

隨著帕思莉亞肯定的回答，雪琳就像是要揮別那股沉重般彈起舌頭，隨後，將身體陷進柔軟厚實的椅墊。

如今她雖得以一窺事情全貌，同時，也對惠恩身上背負著如此的重擔而感到敬佩不已。

「惠恩，我一直以為你是個樂天派的魔王，沒想到你一直都在和這麼難纏的對手作戰。」

對於一名戰士而言，能獲得如此的稱讚應該是一種無上光榮。然而惠恩非但不感到高興，反而還像是相當困擾般地皺起了眉頭。

「請不要這樣說我，雪琳。我並不是個戰士，也不想和任何人作戰。不管是元老院還是一般的農民、商人，他們都是我的同胞——我只是再也不希望發生任何戰爭了。」

「惠恩大人……」

「還有，帕思莉亞，這一次，希望妳能讓我任性一下。」

低低垂下來的腦袋，還有用力按著太陽穴的模樣，看來惠恩是真的在苦惱，將這一切都納進眼裡的帕思莉亞再清楚不過了。這就是感性與理性之間的戰爭──無法避免。

如果惠恩只是一個很普通的青少年就好了，他就可以毫無顧忌地去參加喜愛的活動。偏偏他的身分是至極尊貴的獸人魔王，註定凡事都不可能隨心所欲。

「大家是那麼地期待星見祭的到來，這點我很明白。過去在戰爭的期間裡，星見祭一直被當成是只有名族才能享受的活動，我們……看在我們的眼裡，一直都期望著能夠再次親手舉辦祭典的這一日到來啊！」

「您剛剛說了『我們』是嗎……惠恩大人，果然您還是將自己和那些平民放到一起……」

緊接在魔王情緒激動地吐露出來的內心話後，從帕思莉亞口中回應的話語竟出乎意料地顯得輕柔，反而令惠恩感到錯愕。

兔耳少女將眼睛彎成月牙狀，輕柔的語調好像真的在贊同著惠恩，溫柔的表情簡直要將他融化了──可是下一秒，她的聲音再度轉為高亢：

「我帕思莉亞跟隨了您這麼久，難道會不知道您的心意嗎？惠恩大人，即便如此，我仍要再次勸阻您。若是讓鴿派名族知道您打破誓約倒還好，頂多就是帕思莉亞被叫到元老院挨一頓臭罵；可怕的是那些鷹派名族，我不是在開玩笑，他們為了挑起戰爭可以不擇手段，甚至可能藉機派出刺客……在那種情況下，惠恩大人保護得了自己嗎？」

惠恩的臉唰地一聲變得蒼白。

帕思莉亞繼續說著：

「聽說這次進城也遭受混混們的攻擊了吧！現在城內時局非常混亂，那些被徹裁掉的戰士，無不認為會變成這樣都是因為您和人類講和的緣故，內心充滿了偏激的怨念。在這種前門有狼、後門有虎的情況下，難道您做事還不能夠謹慎一點嗎？」

「我、我……」

「臣子的義務絕非是無條件遵從主上的命令——錯了，應該是將主上的利益放在第一順位著想。正因為是攸關生死的大事，我才不能認可！」

惠恩「咕嗚」一聲，整個人往後一傾，彷彿遭到了重擊。

「帕思莉亞的這條性命……全都奉獻給您，這意味著即使要忤逆您，也要守護您的存在。」

說著，帕思莉亞以凌厲的目光斷絕了惠恩想辯駁的意圖。

「您有意見嗎？」

「我……但……」

「恕我再問一遍，您有意見嗎？」

「不……怎、怎麼會呢，我知道帕思莉亞妳是為了我著想……我知道了……我不會去參加祭典的。」

被對方的強烈氣勢徹底壓倒，此時的他知道自己無法提起反駁。

藍髮少年縮起雙肩，勉勉強強露出了微笑，不過不管從哪個角度看來，那副笑容都好像一碰就會碎掉。他虛弱無力地站了起來。

「我、我先回房間了。」

「需要帕思莉亞服侍您嗎？」

「不、不用了啦！」

惠恩悽慘地哀鳴，帕思莉亞的殷勤好像只會使他更為疲累。

魔王離開後不久，雪琳將視線重新投向兔耳少女。

「他會明白的，妳是為了他好。」

「哼！」

帕思莉亞粗魯地用鼻子噴了一口氣，彷彿是在發洩心中不滿。

「只要是為了惠恩大人，無論要我扮再多黑臉也無所謂。」

不惜犧牲自己也要阻止主上置身於危險的處境，這是多麼難能可貴的忠誠心，對此雪琳只是什麼話也沒說。帕思莉亞把牛奶喝光，用力地抹了抹嘴唇。

「我要先上去了。」

「好啊……慢著，杯子放在那邊就好，我會收……不准給我露出那種表情，笨兔子，我才不是為了妳，是為了全世界的人。好了，沒事就退下吧，總管大人！」

……到底誰才是上司啊？帕思莉亞不高興地發著牢騷，慢吞吞地走出了餐廳，最後只剩雪琳在位置上獨坐。

「做人家的下屬，也有很多辛苦的地方呢！」

雪琳沒頭沒腦地說了這麼一句，然後喝完杯中飲料。

然而，儘管她能理解帕思莉亞的行為，卻不見得贊同她的想法——即便阻止魔王參加祭典是為了他的安全，具備充足的理由，帕思莉亞卻忽略了惠恩的自由意志。她的「保護」或許將適得其反，成為困鎖主人的牢籠。

不過，這應該是惠恩自己要面對的難題。雪琳認為，自己雖然能夠替他揮劍，卻無法替他勇敢。

惠恩必須自己克服啊……

雪琳下了如此結論，推開椅子站了起來。稍微收拾了一下環境，便回到自己房間。

「嘎吱」一聲，將沉重的木頭把手拴開後，高熱的水流開始嘩啦嘩啦地注入桶子裡。魔城大澡室中，一股股白煙向上蒸騰，銀髮少女脫得一絲不掛，專注地用手指測量水溫。

嗯……溫度剛剛好。

雪琳一口氣跳進大桶子中。

旋即發出了舒暢的呻吟。

呼啊啊——這等享受，說是在天堂也不為過！

雪琳利用熱水將身體汙垢與連日的疲勞一同消除，此刻正無比神清氣爽。趴在木桶邊緣，如美玉般光滑的背部透出胭脂般嬌嫩的緋紅，銀色長髮散發溼潤的水氣。

在魔城中隨時隨地都可以使用熱水，這件事讓雪琳感到非常不可思議。根據帕思莉亞的說法，這是因為第六天魔族開發出了利用「魔石」來加熱物體的特別技術，但是並未得到廣泛運用，比起泡澡，居住在低緯度地區的他們反而對沖冷水澡情有獨鍾。

但在雪琳出身的北之國則不一樣，洗熱水澡不但是行之有年的文化，還跟「奢華、享受、貴族」……等名詞聯繫在一起，所以雪琳寧可冒著泡昏頭的風險也要盡情享用熱水沐浴。

不久，水溫開始下降，覺得泡得差不多後，趁著熱度尚且流淌全身，雪琳從木桶中起身，並且穿上衣服。

把盥洗用具和髒衣物都放進小木盆裡收好，正打算離開時——

「咦？」

突然抬起頭來，豎起耳朵聆聽。

「那是……慘叫聲？」

「惠恩？」

那聲分明是惠恩的慘叫，聲音是從上方的魔王臥室傳來的。

就像繃緊至極的弓弦一樣，雪琳的感官瞬間催到了極限，下一秒間，她已經抓起了放在門邊的大劍，旋風般衝出了澡室。

「呀啊啊啊啊啊啊！」

「惠恩！」

幾乎什麼防具都來不及穿，只抄起一把大劍的雪琳赤著腳，飛快地穿越走廊。長廊的另一側，兩隻尖尖的兔耳朵逐漸從樓梯處浮現，那是氣喘吁吁的帕思莉亞，她露出一副上氣不接下氣的驚慌表情，肯定也聽見了同樣的聲音。

望見彼此的瞬間，兩人交換了眼神，心中早有默契。雪琳貼緊牆壁，使出唯有修業到極致的戰士才能使出的高等技巧——在完全消除了腳步聲和氣息的同時，又將力量灌注到一點迅速地行動。

伸出一隻手，輕輕敲碰門板，彷彿在確認指尖的觸感——接下來一鼓作氣將門打開到最底，然後，突擊！

「惠恩！」

房間裡頭，惠恩的床前，一道朦朧薄白的身影看似正抓住了魔王，對方轉過頭，發出短促的喉音，似乎對闖入者相當驚愕。

「給我放開他！」

雪琳放聲怒吼，挾驅疾風，瞬間縮短雙方距離。

就在大步踩過絨毛地毯之際，雪琳感受到一股刺骨寒意通過腳底板直竄上來。

暗器？

但是此刻已無暇多慮，大劍抖擻長吟切過半空，劈落！

「咦？」

令人驚訝的是，原本十拿九穩的招數居然落空了。

在最後一瞬，雪琳的完美快劍只斬中了虛幻不實的殘影，薄霧般的身影向上飄動升騰越過頭頂，但即使如此銀髮勇者仍舊沒有驚慌，視線緊盯著對手移動的軌跡，並且同時大喊：

「帕思莉亞！」

「我、我知道了！」

慢了雪琳一步進入房間的帕思莉亞才是這道聯手攻擊的主力——雖然不清楚帕思莉亞有多少能耐，但是泛泛之輩不可能勝任魔王的心腹。

站定在房間唯一出入口的帕思莉亞盡力撐起小小的身軀，就像決定要憑一己之力擋住千軍萬馬般氣勢昂揚。她以飛快絕倫的手法舞動手指並唱誦咒文——這絕非誇飾，而是任何一位魔法師看了都會掉下下巴的高超技藝。

「五步詠唱——焰擊——火龍——咦？」

「帕帕帕帕帕帕思莉亞妹妹啊啊啊啊啊啊！」

對方以氣勢更勝一籌的氣勢高興地大叫，直直地衝向兔耳少女。聽見了那個聲音，帕思莉亞的魔法詠唱頓時受挫，整個人像觸電似地渾身一搐。

「這個聲音是……青葉大人？」

「窩喔喔喔喔帕思莉亞妹妹嗚呼呼呼呼——好久不見啦人家真的好想妳呀呵呵嘿嘿哈哈哈哈！」

「嗚哇、哇啊！」

兔耳少女完全承受了這道衝擊，連同襲擊者一起滾落到地板上。

「咕哇、哇啊！救命啊，惠恩大人！」

帕思莉亞瘋狂揮手……而緊抱住帕思莉亞的襲擊者則是不客氣地把臉貼到了她的臉頰上……蹭啊蹭，蹭啊蹭……

「……好像麻糬。」

發、發生什麼事了？雪琳的頭上冒出了大滴冷汗。

事態發展實在太過迅速，使她一時之間進入了混亂狀態。接、接下來還要繼續進攻嗎？可是對方看上去似乎沒有想要危害惠恩的意思，受害的是帕思莉亞，現、現在是……

「別、別傻愣在那裡啊人類母牛，快點救我喔喔喔喔喔！」

帕思莉亞神色古怪地扭曲了。

「真是的，帕思莉亞，怎麼說出這種話呢，看不出來人家是在好好疼愛妳嗎呵呵呵……妳是不是還有在每天喝牛奶呢？不過比起飲食，據說直接按摩更有效喔！」

帕思莉亞連連發出慘叫，襲擊者在她身上肆無忌憚地又搓又揉，甚至還大膽地把手伸進去睡衣裡，兔耳少女雖然死命地掙扎，但是對方力量比她大太多了。

「住、住手，不管妳是誰，快點從那隻兔子身上離開！」

雪琳高聲呵斥，並擺出攻擊姿態。

「唷喔，這裡有一個從來沒有見過的可口小妹妹呢，是新來的嗎？」

襲擊者彷彿此刻才注意到了雪琳的存在，從已經癱軟無力的帕思莉亞身上起身。

雪琳看清楚了對方的樣貌，著實大吃一驚。

那是一名容貌豔麗、頂著埃及豔后式髮型的女子，色澤幾如凜雪般的冰藍，舉手投足之間無不散發出一股讓人心跳快要停止的媚態，穿著也非常暴露……但並非像是彌亞或是獸人族女性那般穿著少少的布料，這名女子全身幾乎都包裹在寬大柔軟的華服裡。

這件所謂的華服，卻僅有衣物的輪廓，實際上卻像一團朦朧的霧塊，成熟姣好的胴體在這件霧衣底下若隱若現，令人看得血脈賁張。

「妳究竟會是什麼滋味呢，就讓我來好好品嘗品嘗吧！」

名為「青葉」的女子望著她咯咯一笑，舔著嘴唇。嗚呃！雪琳不自覺打了一個冷顫。

有種絕、絕對不能被她抓到的感覺！

「小貓咪，我來囉！」

對方陡然間身形大張然後撲向雪琳。

紅色警戒！心中有股聲音清楚地告訴自己，尊嚴和貞操可全都繫於此役成敗。她屏氣凝神，轉瞬間對手已經欺近至可以伸出狼爪的距離，但是她仍舊不疾不徐——

測定、吐氣、迴劍——刺！

「咦？」

前衛的慣性沒有停止，眼前這幕讓雪琳完全無法置信，這無論如何都不可能失手的一劍竟然筆直穿透了青葉的身軀——是整個穿透過去，理應濺出的鮮血完全沒有濺出。

「沒有實體嗎！」

「呼呵呵呵呵呵！」

不好了，要被攻擊了——就在雪琳全身僵硬地這麼想著的下一瞬間。

青葉抓住了雪琳。

「啊哈、嗚哇哇哇哇——好癢……不對，好冰！」

雪琳以前所未有的音量發出高八度的笑聲兼慘叫。青葉毫不客氣地把手伸進她的衣服底下一陣亂摸，銀髮少女渾身都軟了。

「呼呼，這種豐滿的觸感，和帕思莉亞妹妹截然不同啊！」

「住、住手……我叫妳快住手！咿咿咿咿——」

想要逃走卻又辦不到，青葉的身體冰涼得彷彿完全沒有體溫，教人無法停止哆嗦。

「呼呼，小貓咪，讓我看看妳身上的哪個地方最美味……」

「哇呀，妳在啃哪裡啊啊啊啊啊！」

「嗚嗄？」

直到這一瞬間，青葉的臉上才首次出現錯愕的表情，呆愣望著被自己咬下來的貓耳朵。

「死、死掉了嗄，不會吧？」

她低下頭來，和滿臉通紅的雪琳正對上眼。

「……」

「呀啊啊啊啊啊啊啊啊！」

兩人瞬間分開，拉開十肘以上的距離。

「人、人類，竟然是人類？第六天魔城裡怎麼會有人類……不好啦，來人啊，有刺客呀！」

「這句話是我該說的吧！」

雪琳總算重整旗鼓，將劍舉到胸前擺出威嚇的態勢。

「無端闖入魔城，妳這傢伙到底有何目的？」

「什、什麼啊，這種好像把第六天魔城當作自己家的語氣……」

氣氛劍拔弩張，雙方一觸即發。

「請、請等一下啊！青葉大人，雪琳，這一切都是誤會！」

這時候，好不容易才從驚愕中恢復過來的惠恩衝進兩人之間，神情緊張地高喊著，深怕她們會真的打起來。

「咦？你說她叫什麼……青葉……難道是那個青葉嗎？」

雪琳旋即變了臉色，用力地回頭，就像是要把對方看穿似地睜大了雙眼。

「第三天魔王─青葉？」

青葉也瞇起眼睛細細地打量著銀髮勇者。

「等等，我怎麼覺得妳好像有點面熟……啊！妳該不會就是那個北之國的傳說中的勇者吧？」

妖豔的第三天魔王皮笑肉不笑地說道。

「叫什麼白……『白斬姬』的雪琳！」

「是『白刃姬』！」

雪琳面紅耳赤地大叫。

「不、不對，不管哪個名號都很丟臉。」

「啊，隨便啦，不是都一樣？」

「才不一樣，叫什麼白斬姬的……總覺得讓人有種不爽的感覺啊！」

青葉是統帥著雪女、雪怪及一千雪山怪物的第三天魔族之長。從地理位置上來看，第三天魔境與北之國接壤，是他們的心腹大患，彼此長年交戰。

雖然兩人並沒有正式在戰場上交過手，卻早已對對方名聲有所耳聞。

「啊啊，北之國的人類勇者，我的孩子們可受到妳不少照顧了啊！」

青葉一邊虛偽笑著一邊臉上浮現了青筋，背後彷彿出現張牙舞爪的厲影，至於雪琳也不遑多讓。

「彼此彼此，今天碰到妳，剛好可以替死去的戰友們算帳。」

批哩、啪啦！對峙的一方莫測高深地冷笑，另一方則是氣到咬牙切齒，交織在兩人之間的火花非比尋常地激烈——

「嗚喔！」惠恩和帕思莉亞抱在一起，不禁為之畏懼——紅色閃電噴發劈裂，轟轟雷聲震耳欲聾，死亡岩漿熊熊燃起，宛如人間修羅絕境。

「等、等一下，請妳們先冷靜下來，有話可以好好說。」

「喂喂，小惠恩，這到底是怎麼一回事？為什麼你的魔城中會出現人類的勇者，而且你跟她還一副很熟的樣子。」

「這……」

這下子真教惠恩不知該如何回答是好，接著費了好大一番功夫說明……

「……什麼，我沒聽錯吧？你居然找了一個人類來當你的護衛！」

——確定沒有發燒嗎？身為冰妖的青葉帶著擔憂的表情想把手伸向惠恩的額頭，卻被對方逃開。她噗哧一笑。

「真是厲害啊，小惠恩，不但是頭一個完成和人類王國停戰協定的魔王，甚至連勇者都成了你的保鑣……該說你是離經叛道，還是一個超越時代的男人呢？」

「我、我並沒有像您說的那麼厲害，青葉大人。我只是覺得，既然戰爭都結束了，大家可以不必再拘泥於過去的爭執，用新的眼光看待彼此吧！」

聽到了青葉這番分不清是嘲諷還是讚美的話，讓惠恩相當困窘。「哎呀哈哈哈哈！」不過多虧了他這副糗樣，成功逗得第三天魔王非常開心。

「嗯嗯……小惠恩說的有道理，若是繼續被過去束縛，反而顯得自己很沒肚量。反正我這趟也不是為了計較這種雞毛蒜皮的小事而來，雪琳妹妹，咱們握手言和，好嗎？」

「唔……好吧！」

卸下心防的雪琳不疑有他，朝青葉伸出了手，然而就在雙方手掌看似即將碰觸之際，第三天魔王的眼裡精光一閃。

「──有空隙！」

「嗚哇！」

「啊哈哈哈哈……妳中計啦！」

青葉飛快地戳了一下雪琳的腰間馬上往後跳開，迅速地躲到雪琳無法反擊的距離捧腹大笑。

「這、這傢伙怎麼這麼幼稚！」

雪琳的身體又痠又麻，屈辱地跪倒在地動彈不得，只能露出憤恨的表情猛瞪著對方。

「我不要。」

「啊哈哈哈……真是有趣，帕思莉亞妹妹也來玩一下嗎？」

帕思莉亞躲在惠恩背後，極力地想和青葉保持距離。

「嘖嘖，真是不解風情啊，帕思莉亞妹妹～」

「玩、玩笑話等一會兒再提吧，青葉大人，您究竟是為了什麼而來？」

惠恩、雪琳也很好奇這個問題的答案。

「唔……這個嘛！難道不能想來就來嗎？」

「嗚！這、這個……」

青葉微微掀起嘴角，用指尖戳著下巴，似乎是覺得捉弄手足無措的帕思莉亞非常有趣。

「呵呵哈哈！其實呢，我是來觀光的！」

在眾人的驚愕視線中，第三天魔王一派輕鬆地彈了彈手指。

「大戰結束了後，沒什麼事情好做，實在閒得無聊。剛好聽說最近第六天魔族又要舉辦『星見祭』了，就想過來看一看，呵呵……」

青葉說完還得意洋洋地從口袋裡掏出了紫色燙金邊的華麗卡片……說起來她那件霧衣到底是哪裡來的口袋？不，現在似乎也不是探究這個的時候。

「啊啊！的確，過去的星見祭都會邀請各大天魔族的魔王，可是，多半只是基於禮貌上的問候，並未真的曾有其他魔王赴宴。」

「畢竟這可是獸人族百年難得一見的大型慶典呀，我老早就想來一睹其盛況了。話說回來，小惠恩，這個祭典你會參加嗎？」

「咦咦？」

此話一出，惠恩、雪琳與帕思莉亞不由得面面相覷。

「這……這個……」

「呵！瞧你這副難以啟齒的模樣，難道是被帕思莉亞妹妹反對了嗎？」

青葉一副她早就看穿了的神情，淺笑著望穿了支支吾吾的惠恩，彷彿所有事態都逃不過那雙慧眼，讓他深感無所遁形。

「小惠恩呀小惠恩，聽得進下屬的直諫雖然是件好事，不過，身為一位王者，可不能只有這樣而已，在無法自己做出決定前都還不及格呢！」

青葉將焦點從惠恩身上移開，迴避了藍髮少年驚訝的視線。

「雖然有點掃興，但既然你已經決定不參加，那我也不勉強啦！只是，這段期間內得要暫時叨擾你們囉！」

「嗄？」

再一次，眾人因為青葉的一番話語而啞口無言。受到三對充滿疑惑的視線所包圍，第三天魔王瞇著細長的眼，狡猾地開口：

「因為我太興奮了結果太早動身趕來，距離星見祭卻還有好幾天啊，哎呀！總不會連住的地方都沒有，是要讓我流落街頭吧？」

「您、您將第六天魔城當作旅館嗎？」

「咦，不要說得那麼見外嘛，帕思莉亞妹妹，就當作是老朋友難得聚一聚。我很想念你們啊，難道妳不想念我嗎？」

青葉笑咪咪地問道。面對著這樣一個回答時稍不謹慎就很容易釀成外交風暴的陷阱問題，帕思莉亞露出了很想把自己掐死的痛苦神色。

「當、當然也很想念您囉……」

「唔唔，真是個好答案，我果然沒有白疼妳呀，帕思莉亞妹妹……那麼小惠恩呢？」

青葉轉頭望著藍髮少年，惠恩露出了苦笑。

「您是我的恩人，我怎麼可能不歡迎您呢？」

「哈哈哈哈，我就是喜歡你這種誠實的個性啊，小惠恩。那我就決定在這裡暫住幾日囉！」青葉彎起眉毛開心地笑了。

然而看見那副笑臉，完全無法讓雪琳與帕思莉亞感受到任何喜悅——後腦勺寒毛直豎的兩人，眼前浮現接下來即將遭遇的悲慘光景。

惡、惡夢……

「請多多指教。」

第三天魔王姿態優雅地行了一個禮，而惠恩、雪琳和帕思莉亞則是各自以不同的表情與心思，迎接著這名難搞貴賓的光臨。

Unemployed Heroine and Devil's Guard

ch.7 什麼，魔王和勇者展開私奔？

「我好像已經老了十歲啦……」

第六天魔城的走廊上，是兩名身心俱疲，連走路都快走不穩了的女子。

雪琳與帕思莉亞倚著牆壁，筋疲力盡地走在回房間的路上。

幾天前還高高垂掛在天空之中的滿月，如今只剩一抹微彎的淺笑，殘存在天空中的最後一絲下弦月光芒，再過幾個時辰就會完全隱沒不見了吧。

「嗯，我可以體會妳的感覺，順帶一提，我應該已經老了二十歲了吧！」

帕思莉亞同樣有氣無力地回答。

這幾天來，為了服侍作客的第三天魔王青葉，她們每天都累得人仰馬翻。

青葉大概是第六天魔城有史以來款待過最難纏的客人了，富有絕佳品味的同時，伴隨的是對飲、食、起居、娛樂挑剔到了極點，貴為魔王的身分，更是無人敢怠慢。

本來，要接待這種國賓，即使派出一整團由資深僕役所組成的隨從團，無分日夜地殷勤照顧也不過分，然而魔城如今的家臣卻僅剩帕思莉亞，人力調度完全成了問題。

「即、即使是我發揮了一百倍的侍奉力，還是不可能滿足那位大人啊！」

「啊，也不用太苛責自己，妳已經很努力了！」

雪琳熟練地敷衍著氣得七竅生煙的帕思莉亞。

「畢竟妳今天難得地從早工作到晚，只打破了十只杯子，炸壞五扇窗戶，還有拆掉兩片門板而已……」

「嗚嗚……人家已經使出渾身解數了說……」

「別難過了，就算這樣，那位第三天魔王不但迄今為止沒有抱怨半次，甚至還對魔城的服務讚不絕口呢！」

「沒、沒錯，可是這都是多虧了惠恩大人……」

擁有一人可抵一整團資深僕役的超凡侍奉力的惠恩，其存在讓身為大總管的帕思莉亞感到心情複雜。

「要不是惠恩，我老早就因為身心雙重的巨大壓力而死掉了吧！」

「萬一妳真的死了，記得把妳的身高跟胸部給我吧，這頭乳牛！」

「說什麼傻話？」框當！雪琳毫不客氣地朝帕思莉亞的頭頂賞了一記爆栗，帕思莉亞也馬上回踩了雪琳一腳。

「咕嗚！」因為同樣耗盡了體力的緣故，兩人都避不開對方的攻擊，結果形成了一個人抱著腦袋，另一個人抓著腳，一齊蹲在走廊上無聲啜泣著打滾的詭異畫面。

「呼……呼……夠了，休戰吧！」

「同、同意……與其和妳在這拌嘴，我還寧願保存力氣……呼……去做更有意義的事。」

雪琳嘆了口氣，將身軀倚靠在牆上，伸手把兔耳少女拉了起來。

不知道是不是因為有了共同的敵人之故，雙方之間的關係比之前改善了不少，或許可說是塞翁失馬，焉知非福吧！縱然還沒有完全接受彼此，但也已能像現在這樣相互伸出援手。

「現在我們可是坐在同一條船上面啊！」

「沒、沒錯，任何一個人倒下的話，剩下的那一個就要獨自承受無止盡的性騷擾地獄……」

想到青葉老是以遊戲解悶為名，實際上一直趁亂摸來摸去的行為，兩人便禁不住瑟瑟發抖。

結果，就在一邊數落著青葉的難搞與工作的疲勞之際，不知不覺地便抵達了雪琳房間的樓層。

「啊，到啦，妳也早點休息吧……明天，就解脫了呢！」

帕思莉亞和銀髮少女告別後，拖著沉重的腳步離去。

雪琳則是邊伸著懶腰邊走向自己的房間。

嗚哇！最近的壓力實在很不得了，肩膀超級緊繃——現在如果能夠馬上鑽進溫暖的被窩中好好睡上一覺就好了。正當這麼想的時候……

「咦？」

走廊上站著一條身影。

「……惠恩？」

藍髮魔王似乎在門外等了許久，抬頭一望見雪琳，臉上露出鬆了一口氣的模樣。

「你怎麼會在這裡？不必應付第三天魔王嗎？」

「青葉大人剛剛一直吵著說要跟我一起睡覺，後來鬧累了就睡著了。」

「真是個任性的魔王啊！」

雪琳咋舌說道。「嗯……」惠恩也露出了頭痛的表情。

「總之，就是個我行我素的尊貴大人。」

「這麼說來，你已經下定決心了是吧？先進來吧！」

銀髮少女推開門，引領魔王進入房間。

昏暗的室內，雪琳先點起了床頭的燭火，然後從銀色水瓶中倒水給惠恩喝。

「先前你偷偷跑來找我討論如何瞞過帕思莉亞去參加祭典，我告訴你可以趁夜離開魔城，你卻還要我給你時間考慮。我都以為你想放棄了呢！」

「既然答應了彌亞小姐，當然沒有反悔的理由。何況，為了拯救貧民窟，這件事我非做不可。」

惠恩搖著頭。

「只可惜到了最後還是沒辦法說服帕思莉亞……」

「好了啦！別露出那種表情，我想她一定能夠理解的。」

「唉……希望如此。」

惠恩嘆了口氣，摩挲杯口垂著腦袋。

「不過，我真的要謝謝妳，雪琳，明明一開始妳只是來應徵護衛的，卻無端被捲入這個事件，實在是過意不去。」

「不用客氣，不過……其實是我應該要多謝你才對。」

「為什麼？」

「畢竟我也是個戰士啊！」

雪琳意味深長地說著，那雙細眉的線條緩緩變得柔和。

「是你讓我有機會找到守護的對象。」

戰爭結束之後，他們這些作為戰士……作為把戰鬥當作人生唯一意義的存在者們，就等同於失去了舞臺。

——前所未有的徬徨，揮之不去的失落感，至今仍然深刻烙印在她的心中。

戰士必須漂泊，四處尋找可打的仗，倘若沒有可以揮劍的對象，生存就失去了意義。

（直到遇見惠恩，她才發現原來戰士不是只能為了毀滅敵人而戰鬥，也可以為了守護某些事物而戰鬥……）

天青色的眼眸，目不轉睛地凝視著不知所措的魔王，並不自覺地輕撫胸口……隨著呼吸起伏，在這其中澎湃流動的熱血，一定是為了找到值得戰鬥的理由而感覺到喜悅吧？

從今以後一定還有很多阻礙橫亙在他面前——倘若遇到險阻，就向其揮劍吧！唯有如此戰士們才有辦法能讓心臟繼續跳動下去。

「惠恩，還記得那天在貧民窟發生的事嗎？」

「咦？還、還記得啊……怎麼了？」

迎向頭頂的巨劍軌跡，在銀髮勇者的眼裡被捕捉得一清二楚，要接下這種慢吞吞的攻擊，簡直是對她的一種侮辱。

雪琳用像是揮趕煩人蒼蠅的動作，輕輕鬆鬆挑開了這一擊，匡！在半空中旋轉起來的巨劍，轉眼間就飛向遠方，下一秒——

山豬耳大漢望著抵在自己喉嚨上的長劍，身體瞬間像是被雷打到般僵住了。

「請住手！」

「什、什麼啊？」

雪琳驚訝地回頭望著突然出聲打斷的惠恩。

「讓、讓我跟他談談吧！」

「……」

雪琳不太高興地收起長劍。此時的山豬耳大漢，即使來自少女的致命威脅已經解除，卻仍在其餘威之下不敢輕舉妄動，唯一能做的只有咬牙切齒。

「臭、臭小鬼……」

望著對方一副隨時都好像要撲過來吞掉自己似的凶狠模樣，藍髮魔王稍微露出了猶豫的表情，最後乾脆選擇留在距離好幾步之外。

「很抱歉讓你遭受到這麼多不愉快，但是我想聽聽你的想法。」

「你說什麼？」

「我聽彌亞小姐說過了，你們……你們以前是軍人吧？為什麼要自甘墮落到這種程度？做這種跟地痞無賴沒什麼兩樣的事……」

「住口！你又懂什麼了？」

大漢的咆哮聲非常嚇人，惠恩縮起肩膀，但他還是沒有放棄。

「我是不懂……可是如果我能知道的話，我想替你們解決。」

「惠恩？」

聽到這句話，最先做出反應的是嚇到舌頭快要掉出來的銀髮少女，然後才是圓睜著雙眼的大漢。

「我沒有聽錯吧，你想幫助這些傢伙？」

「這、這時候是不是應該笑啊？哈、哈哈……可是一點也不好笑啊，混帳！如果要解決的話，那好，你就啣一把匕首去找第六天魔王吧！」

山豬耳大漢突然憤怒地猛揮起來的拳頭，連雪琳也嚇了一跳。

「去把那個讓戰爭終結掉、把我們害得那麼慘的蠢蛋魔王幹掉，或許還能稍微平息一下我的怒火！」

「為、為什麼你要這麼痛恨魔王？」

惠恩露出驚訝的表情。

「戰爭結束的話，你們不是也能回到家鄉嗎？不必再受到戰死的威脅，也可以恢復到原本的生活……」

「原本的生活？不要笑死人了！這個無知的小鬼，難道以為我們和他們是一樣的嗎？」

「嗚呃！」

他看起來就像抓狂了一般，惠恩被對方突然爆起的氣勢嚇得後退，大漢嘴裡濺出了唾沫星子大喊：

「你口中的那些人，他們本來就是城裡的居民，戰後當然可以回到『原本』的生活——但是像我們這樣生長在戰爭環境裡頭的傢伙，除了打仗之外就一無所有了啊！」

啊啊！惠恩終於意識到自己犯了什麼錯。

戰士——那個在漫長的戰爭歲月中遺留下來的另一個特殊產物，從出生開始就背負著上戰場的宿命，除此之外不曾想像過其他可能性的被扭曲的階層。

用狹隘的城裡人眼光看待他們，其結果就是忘記了本質上的問題。

「我們根本不可能像他們一樣，理所當然地回到這個世界裡……我們的世界，就只有那個刀光劍影、不是殺就是被殺的混沌世界啊！」

大漢越說越激動，話語裡摻進了少許的無奈，在旁的雪琳聽了之後也露出心有戚戚焉的表情頻頻點著頭。

「但、但是……難道說要因此讓戰爭繼續下去嗎？」

「這……我怎麼知道。就算打仗真的不好，可是，不戰鬥我們又能做什麼？我們既沒有技藝，也欠缺有用的本領，現在連軍隊也不要我們——到哪裡都不需要我們。」大漢沮喪地垂下腦袋。

「我們已經跟不上這個時代了。」

「不、不會的，一定會有辦法。」

不知為何突然變成了擔任開導者的角色，惠恩鼓動唇舌，像是極力想要讓大漢重燃希望般地說著：

「你看，就連西市場在經歷這麼多年的荒廢之後不也重新站了起來？這世界如此廣大，一定會有你們能夠容身之處。要是害怕跟不上的話，就讓我背著你們走好了。」

「……我說你啊，到底是為什麼這麼熱心？這不是下達停戰令的第六天魔王應該負責的事嗎？」

大漢瞪大雙眼，惠恩慢慢地搖了搖頭，用有些歉疚的聲音說道：

「是啊，就因為這一切都是我造成的。這是……我應該負責的事。」

「你、你在說什麼蠢話啊？就憑你這個小鬼，難不成真的以為自己是……不可能！喂！我說，妳也說說話啊，現在是在愚弄我嗎？」

大漢開始慌張了，尤其是轉頭又看見了雪琳露出那樣子的表情……說到這女人，不是幾分鐘前才把劍抵在自己脖子上嗎？山豬耳大漢發現自己竟然迫切地想要從她身上徵求同意，真是讓人感到精神錯亂。

「我們走吧，雪琳，雖然這人的行為並不可取，現在的我卻沒有資格懲罰他。」

惠恩轉身和雪琳一同正準備離開，大漢在他背後大喊：

「等、等一下！可惡，想就這樣跑掉嗎？……小鬼，我還沒有相信你，但是我還是要問：你、你說的是真的嗎？如果你真的是魔王，你真的想要背著我們走嗎？背負著我們這些根本就沒有未來的戰士的命運……」

「不要小看他了，這傢伙的肩膀可是比你想像得要寬闊多了啊！」

「妳、妳說什麼？……啊啊，可惡！」

夾雜著懊悔與不甘心的大吼聲，大漢蹲下去用力敲打地面。

如果……如果能夠早一點遇到這樣的魔王，或許自己的際遇就將完全不同——至少還能懂得期待。如果……

可惜這個世界，沒有如果。

「居然說要把戰士們的夢想全都背負起來，真是個愛耍帥的魔王。」

「咦咦？」

「好啦！閒話說完了，該辦正事了。」

雪琳把依舊搞不清楚狀況的惠恩晾在一旁，跪在地上，從床底下拉出一只木箱打開。

「唔喔……這些是……」

惠恩驚訝地看著她從箱子裡取出一件又一件的裝備，有短刀、繩索、彎鉤、附有皮帶的毛皮鞋底、色澤暗沉的紅寶石……種種超出了常識生活之外的野外夜行道具，琳瑯滿目地陳列在眼前。

「嘻嘻！別看傻了啊！」

「太、太壯觀了！」

不知道該如何平息這股興奮感，一想到接下來要用它們脫出城堡，就讓人心跳加速，口水直吞。

嗖啦——

「哇！」

「啊！不好意思，我忘記了……太久沒用這些東西，害我有點懷念，過去在戰場上的習慣一不小心又跑了回來。」

「我、我轉過去！」

惠恩紅著臉急忙轉身，不過，雪琳居然不假思索地在他面前脫掉衣服，還是害得他的臉頰發燙，久久無法消退。縱然當事人只是不小心恢復了過去的習慣，並沒有別的意思。

不管怎麼樣，現在可不是胡思亂想的時候。惠恩深吸數口氣，很快地換好夜行衣，又在雪琳的幫助下將胸、臂、鞋底的輔助裝備戴好。

喔噢！穿戴在身上的裝備齊全，讓他有種自己相當厲害的感覺。

說不定他也能打倒幾個敵人……不，還是別隨便亂想好了。

「準備好了嗎？」

「沒問題了。」

來到窗邊的雪琳打開窗，稍微探出腦袋，確認外面情況，然後她努努下巴示意惠恩靠近。

這可以說是生涯第一次的「冒險」，讓惠恩的心頭一陣火熱。

感覺要去做什麼不得了的事。

「呃……」

「別動。」

惠恩僵硬得跟一根木頭沒什麼兩樣，這是因為雪琳突然伸出手把他攬進懷裡。

突來的事態發展對惠恩產生巨大衝擊，意識一片空白……應該說是受寵若驚。他只聞得到少女身上所散發出來的淡淡體香，秀髮拂過鼻翼，不管是臉上還是心中都頗覺酥癢。

那是一種輕飄飄的，猶如飛行一般的夢幻感，彷彿從高處墜落，充滿了加速度的暢快——這樣的感覺難道是錯覺嗎，如果是的話，還真不想回到現……咦咦？

「呃噗！呃噗嗚嗚嗚嗚——」

不、不是錯覺？

他真的在往下掉。

神智恢復清醒的一瞬間，發現自己從窗口躍出了半空，隨即遭受地心引力強烈的拉扯。

他完全沒做好心理準備，想要放聲大叫——

「不要亂動！」卻被雪琳抓住了後腦勺並且強硬地往胸口處壓。在嘴巴被堵住的情況下，只能發出泣不成聲的嗚咽——真的是泣不成聲，眼淚都飆出來了！

嗚嗚噗嗚嗚嗚——會死會死會死！

全身被銀髮少女緊擁著，但是這種從字眼間本該是天堂的畫面實際上卻堪稱地獄，眼看地面離自己越來越近，惠恩的喉嚨化為絕望的樂器突破自身極限發出了超高度的音頻——

喀哩！

即將撞到地表的前一剎那，下墜之勢忽然停止，反作用力勒得惠恩氣息一滯——

「咕啊！」應該是因為雪琳突然加重擁抱力道的關係……銀髮少女微一蹙眉，發出了有些難受的喘息聲。

一鬆手，魔王安然地落到地面，然後才換她解開腰際的扣帶，俐落地收回垂降繩。

惠恩直到此時仍舊驚魂未定，然而稍微鎮定下來後，看看四周，他馬上露出佩服的表情。

「好、好厲害，我們已經離開魔城了。」

「真正的考驗現在才開始呢！接下來我們要在夜晚中穿越森林，大部分的怪物或是危險猛獸都是這時出來活動的……用你手上的那顆戒指，好好跟緊我。」

「呃……是、是這個嗎？」

「對，轉一下，這是『夜視石』。現在你應該看得比較清楚了吧？這在夜間行動的時候非常有用。」

拿著即使是用普通家庭一年的生活費也很難換得到的這顆珍貴寶石，能夠讓周圍景象都像染上微泛著紅光的色彩，無懼夜幕阻礙。當然，視野仍舊無法和白天相比。

旋動戒指底座的暗盤，紅黑交錯斑雜中森林的輪廓逐漸顯得清晰，看起來卻像一座鬼影幢幢的深邃迷宮，但是惠恩並不害怕。

「要開始了喔！」

「嗯！」

即使進入不知道會有什麼樣危險存在的森林，只要跟雪琳在一起，就覺得內心深處生出了巨大的勇氣。

Unemployed Heroine and Devil's Guard

尾聲　前夜祭

覆蓋著火光的城市在平原上冉冉而升。

第六天魔族的首都——第六天魔城是座不夜城。

懸掛在外城牆上的火把，其數量誇示著這座都市傲視整片大陸的宏大規模，連綿不絕的火把，就像要與天空中的星斗競相輝映般一齊噴出了光焰，此刻，魔城正散發出璀璨奪目的光輝。

每隔十幾年，總會有那麼一天，環繞著這顆星球旋轉的衛星，其行進軌道恰好經過地球與太陽中間，屆時遮蔽住陽光，形成白晝如夜的情景，學者為這種天文現象取名為「日食」。

通常日食不會持續太久，隨著月亮通過軌道，日照恢復正常，大地也將重現光明……然而在七族大陸上卻有部分區域的日食並非如此單純。

即使月亮離開，黑暗依舊繼續存在，這些區塊剛好與「六大天魔境」的範圍相吻合——至於原因，目前仍舊無法解答，推測或許是因為魔族比較受到阿爾洛諦絲的寵眷吧！

每逢這個時刻，第六天魔族都會舉行「星見祭」來慶祝比平時更為漫長的夜晚。

光是看著天空中日月無光，群星大放異彩，彷彿一口氣得到了解放似地，比平時耀眼萬分，也不難想見這個慶典如此命名的理由了。

內城中，寬廣的街道上，處處是行人，去到哪裡都可以感受到排山倒海的狂歡氣氛。貫穿了魔城的骨幹，平時就已經車水馬龍的夫・比昂涅吉大道，被川流不息的人潮填滿，簡直寸步難行。在路上結伴而行的男男女女，穿起最華麗明亮色彩的衣袍，配合著不時飄來的詩歌演奏，場面熱鬧紛紜。

「好咧，大伙兒應該都已經準備好了吧，那麼都聽過來姐姐這邊吧！」

此時，在西市場一隅，有一群人正聚集在路口處。與狂歡取樂的遊人們不同，這群人不分男女都穿著便於活動的寬鬆黑色便服，繫上白色腰帶頭巾，氣勢非比尋常……額頭上彷彿寫著「正在幹活」、「少來煩我」這類的凶惡字眼，散發出生人勿近的氣息。

「聽好了，這次一定要讓那些看不起咱們的名族瞧瞧，誰比較厲害！」

站在人群中央的豪氣獅人女子彌亞，渾身顯露首領的威嚴。

聽到這句話，圍繞在她身旁的工匠們全都猙獰了面孔，齜牙咧嘴地朝著假想敵——名族及其幕商發出怒吼，同時聚精會神地聽候總監督下達命令。

「按照之前的計畫，所有人務必確保『塔』能夠順利地抵達中央會合點……另外，沙蘭緹？」

「唔嗯……我在，大姐。」

貓耳女郎以不安的神情回應著說。

「等『塔』順利抵達大街，妳就負責敲響聖鐘。」

「欸？我嗎？可、可是大姐，我不是名族啊！」

「這跟名族有什麼關係？」

「不、不要啦，萬一平民觸碰到聖鐘，會遭遇不幸啊！」

「什麼年代了妳還相信那種事？那只不過是名族編造出來欺騙我們的謠言罷了。」

彌亞一副不屑的口吻道，儘管如此，沙蘭緹還是沒有放心的感覺。

「但、但是……妳不是說都安排好了，會有個高貴的大人前來幫忙的嗎？」

其餘工匠們的眼裡也都帶著相同的疑問，難以迴避的視線令她有些焦急，這時卻也只能無助地嘆了口氣。

「我也不知道究竟是怎麼一回事，他人到現在還沒有出現……無論如何，最重要的儀式不准開天窗，必要時只好由妳來替代。」

「嗚、嗚哇，我可不可以拒絕啊……人、人家有懼高症啦！」

「少說傻話了！」

彌亞說完，狠狠一腳踹在沙蘭緹的屁股上，「咕哇！」身著華麗戲服的藝女姿態誇張地腳底抹油逃開。

「沒有疑問的話，就地解散。」

工匠總監一聲令下，眾人既迅速又有效率地散開。

然而彌亞並沒有漏看了手下們離去時所流露出的疑慮神情。

或許是千百年在名族統治下的陰影糾纏，不管彌亞如何激勵，他們就是對自己欠缺信心。雖然沒有人不期盼慶典圓滿，但越是殷切地期盼，落空時遭受的打擊就越大。

彌亞的心願就是確保這樣的事不會發生……但是，難道說她的心裡就沒有一絲懷疑嗎？

即便如此，也只能暗自吞下——肩負重責大任的工匠總監並沒有心情動搖的權利。

她解下毛巾揉了揉眉心——為了策劃今日的一切，她不知道已經有多少天沒有闔眼，連日來的疲勞使得臉上生出眼袋和黑眼圈，此刻心情更是差到極致。

「真是的……那隻沒尾巴猴子到底跑哪去了？居然敢在這種時候放姐姐鴿子。」

緊閉眼睛，握住拳頭，一副憤恨不已的模樣，嘴裡吐出惡毒的詛咒：

「姐姐的心胸沒有那麼寬大，姐姐要打從心底祝福你走馬路跌到水溝，生的兒子沒屁眼，起床踢到腳趾頭……」下略三百個字。

真是急死人了。

抬頭仰望無月的夜空，彌亞彷彿察覺到一股黑暗的潮流在璀璨的群星間悄悄湧動。

……有種不好的預感。

彌亞搖了搖頭，希望只是自己杞人憂天。

「惠恩大人？惠恩大人！」

帕思莉亞驚恐的叫聲瞬間傳遍了整座魔城。

事情起因，是從兔耳少女從床鋪上驚醒的那時開始。

到底是由於過人的忠誠心，還是單純被餓醒？在絲毫不會有陽光照射的「星見祭」的這天，帕思莉亞比平時還要更晚醒來，然而她一瞬間就發現了異常的事態。

為什麼惠恩大人沒有叫她起床？

平常這時，既溫暖又親切的聲音應該輕柔地把她喚醒，醒來後就可以等著享用美味又豐盛的早餐……雖然這麼說有點對不起惠恩大人，但她的心裡面某部分確實這樣期待。

可是，預想之內的幸福早晨並沒有發生。跑去餐廳後，餐廳空蕩蕩的；跑去廚房後，廚房又冷清清……不可能就連餐桌上也沒有任何食物啊！帕思莉亞又迅速地搜索了一遍魔城，四處都找不到惠恩的蹤影。

「惠恩大人？」

帕思莉亞上氣不接下氣地衝上了最高的樓層，用力推開魔王的房門，卻在裡頭見到她完全意想不到的人物。

「怎麼啦，帕思莉亞妹妹？這麼慌慌張張的。」

「青、青葉大人？您怎麼會在這兒……啊，對了，請問您有沒有看見惠恩大人？」

青葉搖了搖頭，帕思莉亞臉上浮現出緊張的神色。

「怎、怎麼辦，到處都找不到……」

「冷靜點，帕思莉亞妹妹。除了沒看到小惠恩之外，還有沒有什麼異常之處呢？」

「其、其他的異常……啊，對了，說起來，今天也沒看見那頭人類母牛……」

帕思莉亞驚訝地捂著嘴。

「人類母牛和惠恩大人同時不見了，難、難道說，這就是……」

私奔！帕思莉亞絕望地高喊起來。

「嗚哇、嗚哇啊啊啊怎麼辦啊啊啊啊啊啊惠恩大人被人類母牛誘拐走啦哇哇哇哇——」

「帕思莉亞妹妹，妳冷靜……」

「嗚哇不可能這是褻瀆我就知道讓那頭狐狸精進門總有一天會發生這種事早就不應該引狼入室我和惠恩大人玫瑰色的甜蜜生活不能夠就這樣被摧毀咕啊啊啊帕思莉亞宇宙無敵超大悔恨——」

「不是叫妳冷靜一點的嗎？帕思莉亞妹妹，再這樣下去我就要抱妳囉！」

真不愧是第三天魔王，簡單一句話就讓帕思莉亞恢復冷靜。

「那現、現在該怎麼辦？」

「這個嘛……」

青葉來到窗邊抬起頭，瞭望群星遍布的天空，摸著下巴沉思了好一會兒。

「下去準備吧，帕思莉亞妹妹。」

「咦，咦，準備……什麼？」

帕思莉亞狐疑地張大了嘴，青葉微微揚起嘴角。

「時間算一算也差不多了，我打算前往第六天魔城。」

「現、現在嗎？但是惠恩大人還沒有……」

「帕思莉亞妹妹……」

青葉以不帶情緒的聲音將焦急得正欲發言的兔耳少女打斷。

「正是因為主人不在，身為魔城總管的妳才要肩負起招待貴賓的職責吧！眼下究竟是尋找第六天魔王重要，還是別怠慢了遠道而來的賓客重要，相信妳自有判斷。」

收起嘻笑表情，此刻的青葉渾身所散發出來的氣勢，點醒了帕思莉亞那個時常被她所忽略掉的事實——眼前的這位存在，乃是六天魔王中最古老的第三天魔王啊！

「更何況……進到城去，說不定妳心心掛念的人就會出現喔！」

那是壓倒駱駝的最後一根稻草。

難不成……帕思莉亞心中浮現一種可能性。

「我知道了，我這就去準備。」

帕思莉亞低頭行禮，迅速地轉身離開，留下青葉繼續望看屋外天色。

越過深邃漆黑的森林，第三天魔王的視線彷彿正投射到無人能夠窺及的遠方，臉上泛起一絲神祕的淺笑。

「都動起來了嗎？呵呵呵……我早就知道你不會這樣甘心平凡的，魔王血脈之子啊，你已經做好準備，等著面對更凶險的危機了嗎？」

就讓她拭目以待吧……青葉以唇形無聲地說著。

從北方飄過來的大片烏雲，飛快地掠過天空，就像一群不速之客驚擾了原本和諧的星星們的舞會，被這麼粗魯地一攪，許多星子再也不能繼續綻放她們美麗的光芒了。

凌晨。

交界在黑夜與破曉之間的時刻。

廣袤深遠的森林。

兩道身影正飛快急奔，鹿皮輕靴踏過落葉與枯枝所形成的厚重絨毯，破碎的聲響吸引了林間奔走的夜風。

這麼匆忙的腳步，是要追趕什麼呢？林間的風不禁發出了如此疑問，躲到樹叢間，一邊將搖曳的枝葉當作豎琴一般彈奏，一邊悄悄地窺視起來。

魔石提燈彈跳著投射出不規則的冷光，微弱而微黃色的光芒闢開了黑暗，在黑暗中，浮現了兩道人影正奮力奔馳的模樣。義無反顧，猶如一枝筆直射向前方的箭。

頭頂上，天空依舊一片暗沉，雖然已是無限逼近旭日東昇的時間點，卻一點也看不出想要露白的跡象。

是在等什麼呢？是城裡的公雞都怠工了嗎？是太陽公公昨晚喝醉酒導致睡過頭了嗎？然而以上答案都不正確。

再怎麼引頸期盼，今日的白晝都不會來臨了。

彷彿有恃無恐的黑夜張開裙襬散落在群山間。

群星在頭頂上開啟盛宴，少年和少女也在這時穿越了森林。

時間來到一個小時之後。

匡噹——

在第六天魔城全城最大、裝潢最豪華的酒館「阿爾洛諦絲之淚」的內部。

一名擁有絕色美貌的女子，正緩步踏上通往頂樓的樓梯。

她擁有令人屏息的美貌，適才所發出的聲響，是與其擦身而過的服務生，因為完全看得分神而使得托盤上的飲料全都灑出來造成的。

「真是的……」

「欸喂喂！」服務生瞬間被人擰著耳朵拉到了一旁。

「別在這裡礙事，白痴！要是膽敢繼續如此放肆地盯著那位大人，小心連靈魂都被挖出來。」

「知、知道了，對不起，大人。」

「不是大人，是混蛋！」

「咦，咦？」

「真是的，滾吧！」

失去耐性的鬣狗耳男人把他朝後面一甩，可憐的服務生連聲發出慘叫，一股腦地滾到樓梯下去了

鬣狗耳男人咋了咋舌，他的手段太粗暴了嗎？不，他可是在救那個倒楣的傻瓜。他說的全都是真話，所謂的雪山女妖，是一種會在茫茫暴風雪中蠱惑遇難的登山者，將他

們拖進幻覺的溫柔鄉裡，不把他們的身心全都榨乾絕不罷手的恐怖生物。

眼前的這位大人，可以說是女妖中的女妖，其豔姿麗容，無論任何自忖不會受女色所誘之人，來到她面前，都不可能不心動。活了超過六百年歲月的她，其身分乃是率領整個雪山王國的堂堂一境之主——第三天魔王。

要不是一早就把整棟酒館全都包下，真不知道有多少人會被她迷惑……

鬣狗耳男人在心裡暗自慶幸。一樓地板上七橫八豎地躺臥著的那些傢伙，全都是無法承受青葉的魔性，才會失去了自我……連眼睛都變成了愛心的形狀，到底是有多想丟人現眼啊？

渾身包覆在霧狀大衣裡的魔王青葉踏著從容的腳步，終於來到整棟樓的最頂端，這裡視野遼闊，可以看見底下的城鎮沈浸在祭典氣氛中，熱鬧紛紜。

「還真是充滿活力啊，第六天魔族。」

青葉拉開椅子，毫不拘束地坐到了盛備山珍海味的桌前。

「這麼好的景緻，要是能有個識得風雅的人共飲，豈不是天下間最痛快的事了？——所以說，你不下來和我一起喝酒嗎？」

「哈哈哈哈……可惜，我比較喜歡這裡。」

然後，從一開始就一直坐在窗臺邊上的人發出了奔放的笑聲。

「嘖！這麼久不見，你還是一樣我行我素啊……小奈恩。」

奈恩嘻嘻笑了起來，一隻腳伸出欄杆外，讓風恣意吹亂頭髮，就像個頑皮的小孩。緊閉的雙眼雖然早已看不見，但高樓底下芸芸眾生的一切喧囂卻逃不過他的耳朵。

「不要說什麼小啦，雞皮疙瘩都起來了。」

「這也沒辦法，當初見到你的時候，還是那麼小小一隻……吶！現在長大了是吧？來，給你斟酒。」

「謝啦！」

竟然毫不在意地接下了貴為魔王的款待，這是足以讓魔城內所有外交官員尖叫著跳樓自殺的無禮舉動，然而青葉臉上的笑意卻更濃了。

「如何，我這做為被監視對象的表現，可說是有禮乖巧極了吧？」

「噗哧！真是什麼都瞞不過妳呀，青葉大人。」

奈恩面向著青葉，而第三天魔王雖在對方並未真的投以視線過來時仍裝出一副無辜的樣子，聳了聳肩。

「我並不會笨到認為第三天魔王在這種時候大駕光臨只是單純為了欣賞節慶，但只要妳乖乖的別玩什麼把戲，我很樂意陪妳。」

「你還真是重視你的魔族呢！呵，讓我猜猜，無論是元老議會還是魔王，誰都沒有拜託你做這種事，對吧？」

奈恩高傲地哼了一聲，青葉淺淺笑了。

「你是認為第六天魔族中只有你制得住我嗎？儘管放心好了，我可不會無趣到在這麼好的日子裡破壞氣氛。」

她高舉酒樽鑑賞透明玻璃杯中芳醇的液體，啜飲了一口之後笑著說：

「我沒有別的目的，只是單純為了追求有趣的事情而來。說起來，能夠久違地迎來如此盛大的祭典，這都要感謝第六天魔王和人類談和的功勞，讓我們一起為這可貴的和平舉杯慶賀吧！」

「這麼好的日子嗎？呵呵……」

聽了青葉的話語，奈恩抽動嘴角，不屑地說道：

「在我看來，只不過是我愚蠢的同胞們沈浸在名為和平的假象，完全忘記了種族的榮耀。一想到偉大的第六天魔族居然滿足於這樣一點小小的確幸，就讓我作嘔。」

「哦，聽起來你還是氣憤不平呢！就這麼懷念戰場上的日子嗎？」

「哼！居然和低賤的人類講和？根本是多此一舉！現在的魔王他……不，我的魔王就只有那唯一的一位，現任的那傢伙永遠不會得到我的忠誠。」

「呵呵呵……別氣了。如何，好喝吧？這是最上等的『卡妮歐斯藍酒』，據說第四天魔族釀造這種酒，而且只在戰鬥勝利後拿來喝，別名為『勝利之酒』……奈恩，這酒你喝起來一定別有一番滋味吧？」

青葉半閉一隻眼看著盲眼的獸人將軍，非常有耐心地等著對方開口。

「確實是一等一的美酒啊！青葉大人，接下來，我可能會說一些醉話，不過這全都是因為我喝多了的緣故，酒醒之後一定是一點印象也沒有。」

「呼呼……了解了解。」

「我啊，不是那種隨便把命運交寄給不值得信任的蠢蛋的傢伙……嗝！自古以來就位居上位的名族，又怎樣？那群連菜刀都握不好的老頭，只會把時間用來爭權奪利，正如同魔王大人曾經對我說的，別指望讓他們守護我族。」

「呼呼……明白明白。」

「至於魔王之子啊……哈！在我面前誇下海口，說什麼不會辜負所有人的期待，不過我聽到他最後的下場竟然是被元老議會給丟出來……一想到我最尊敬的魔王血脈淪落到這種地步，就覺得可悲。連他身邊那個小妞都比他有骨氣得多。」

「呼呼……你醉了你醉了。」

青葉笑咪咪地說道，殷勤地往奈恩已經空掉了的杯子裡傾注酒液。

說起來，想要判別一個人是否真正喝醉的方法有哪些呢？可以觀察眼睛裡是否有血絲、看他的臉頰是否發紅、口齒是否不清……但是對於早已盲目的奈恩來說，恐怕這些都沒辦法吧！既無法看見其雙眼，披散下來的頭髮也微微遮住臉龐。

剩下的，或許就只能從晃個不停的肩膀判斷了，雖然不知道這會不會只是對方的偽裝——青葉當然不會笨到去點破。最古之魔王仗著與瞎眼之人交談時所能占據的最大優勢，也就是對方根本看不見這點，肆無忌憚地露出了充滿惡意的笑容。

看不見的奈恩繼續說：

「第六天魔族……嗝！是我所尊敬的魔王最珍視的事物，也是他遺留給我最後的寶物。我，奈恩，就算沒有人請求，就算沒有人感謝我，我也一樣會守護到底。我不會讓它毀在庸碌的名族和無能的魔王之子的手裡，妳聽到了嗎？」

「很清楚的聽到了呢。」

第三天魔王滿意地閉著眼輕輕點了點頭。

「不過，據我所知，你口中那位沒有用的魔王之子似乎還不肯放棄唷！就算是今晚他好像也還想做點什麼。」

「……」

「如何，感覺期待了嗎？」

「……期待？妳在說笑嗎，打從一開始，我就對任何人都不抱期待。只有我，才能保護這片魔境。」

匡啷！即使目不視物，奈恩依然正確地拋下了酒杯。

晝出了拋物線最終穩穩落到青葉面前的玻璃杯，在獸人將軍那樣看似粗魯的手法下，稍有差池就可能會傾倒、破碎、被碗盤碰翻——可是只要奈恩還是青葉所認識的那個奈恩的話，這一切就不可能發生。

畢竟，他可是被譽為人類與第六天魔族開戰以來一千年間最完美的戰士。

「就讓這次事件當作是給他的最後一次機會吧！若是通不過考驗，那我也將考慮視其存在為對先王的侮辱，到時候……」

絕對會讓他付出代價。

自此，獸人將軍閉口不語，盡情淺啜杯中物，任憑內容充滿危險的話語聲在無風的空氣之中迴盪。青葉感覺到了寒冷，並非是由於當時的天氣所致，她不由得移開視線，投向了燈火通明的夜空。

——《失業勇者魔王保鑣01》完

高寶書版集團
gobooks.com.tw

輕世代 FW255
失業勇者魔王保鑣01

作　　者　甚　音
繪　　者　welchino
編　　輯　林紓平
校　　對　林思妤
美術編輯　林鈞儀
排　　版　彭立瑋

發 行 人　朱凱蕾
出　　版　英屬維京群島商高寶國際有限公司臺灣分公司
Global Group Holdings, Ltd.
地　　址　臺北市內湖區洲子街88號3樓
網　　址　www.gobooks.com.tw
電　　話　(02) 27992788
電　　郵　readers@gobooks.com.tw（讀者服務部）
pr@gobooks.com.tw（公關諮詢部）
傳　　真　出版部　(02) 27990909　行銷部 (02) 27993088
郵政劃撥　19394552
戶　　名　英屬維京群島商高寶國際有限公司臺灣分公司
發　　行　希代多媒體書版股份有限公司/Printed in Taiwan
初版日期　2017年12月

國家圖書館出版品預行編目(CIP)資料

失業勇者魔王保鑣 / 甚音著.-- 初版.　-- 臺北市
: 高寶國際, 2017.12-
冊；　公分. --

ISBN 978-986-361-457-9(第1冊：平裝)

857.7　　106017049

三日月書版

三日月書版

GOBOOKS
& SITAK
GROUP ©

GOBOOKS
& SITAK
GROUP©